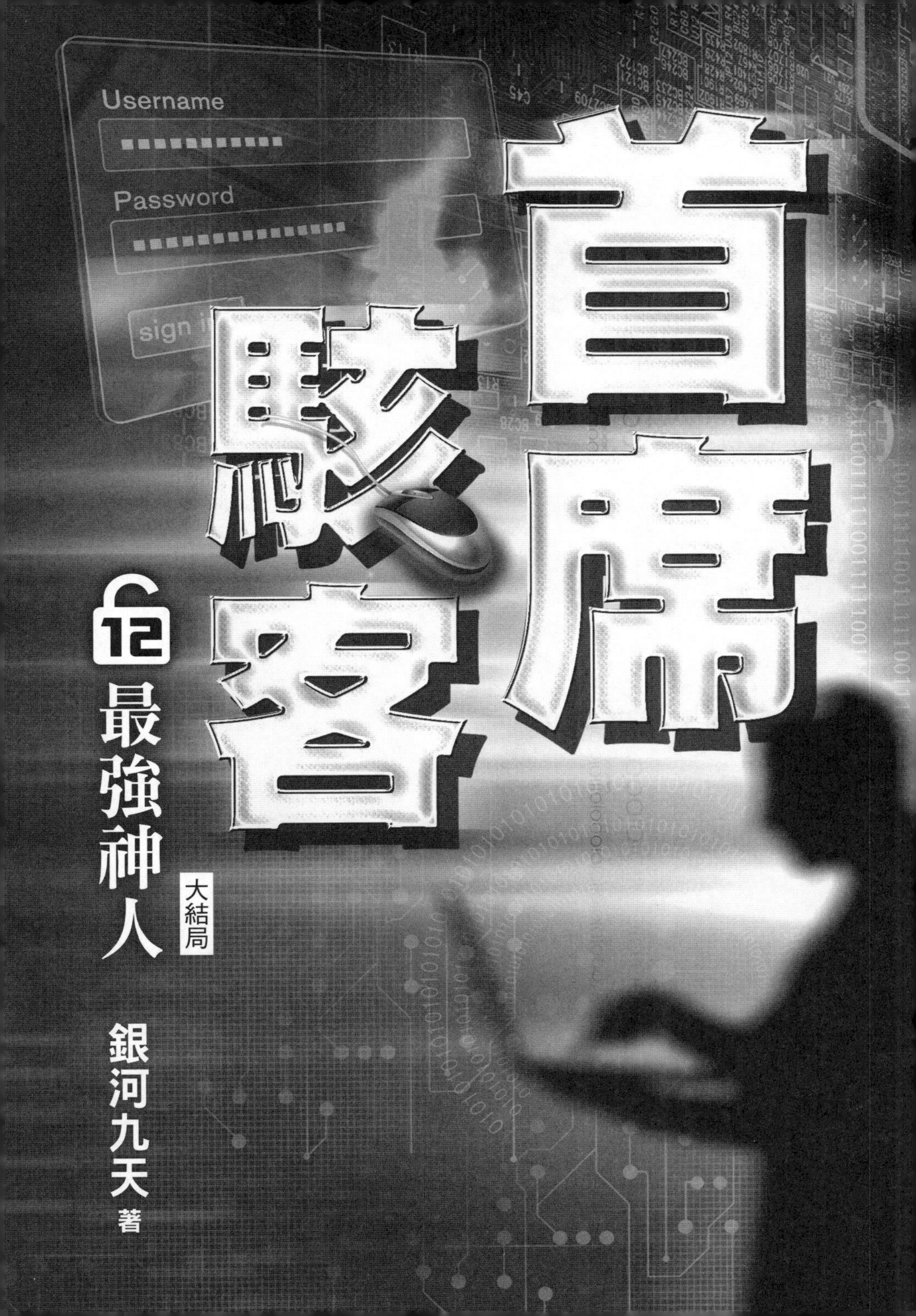

首席駭客

12 最強神人

大結局

銀河九天 著

目 Contents 目錄

第一章　瞞天騙局

「這是一起有預謀的詐騙！他們就是看準了我們身處網路危機之中，急需一位救火隊長，這才投其所好，設下了這瞞天騙局！」蘭登一拳砸在牆上，「堂堂一個國家的政府，竟然被人戲弄到這種程度，奇恥大辱啊！」

軟盟新員工的培訓終於結束了，因為有市府網管的參加，所以在培訓正式結束的時候，市長還親自過來道賀，講了一大通話，意思就是說像這樣的交流活動，應該大力提倡，今後要多搞。

劉嘯也被員工們推到前臺，讓他對新加盟的員工講幾句話。

劉嘯事先沒有準備，和雷城高峰會時一樣，站在臺上傻了半天，才道：「好聽的都已經被別人說光了，如果大家非要我說幾句的話，那我就幾句醜話吧！」

劉嘯看著這些新加盟的員工，「我知道會有很多人羨慕你們，羨慕你們能夠進入軟盟，能夠拿到國內業內最高的薪資，能夠得到一個很好的發展平臺，或許你們當中也有很多人在慶幸自己能夠得到這份工作，不過我想說的是，你們隨時都有可能丟掉這份工作，會從這座大樓裏捲舖蓋走人，甚至連軟盟都有可能隨時倒閉關門！」

劉嘯這一番突兀的話，頓時讓現場的氣氛冷了下來。

「在培訓期間，可能大家都已經瞭解到軟盟的歷史，包括光彩和不光彩的，以及公司這半年來的風雨飄搖、坎坎坷坷，公司一點都沒有避諱，全部告訴了大家。」劉嘯一抬手，指著樓外，「透過窗戶，大家能看到不遠處的工地，一年之後，那裏將蓋起一座屬於軟盟自己的大樓，裏面的辦公環境將會是國內最好乃至是世界上最好的。所有人，包括我自己，都很期待能夠早一天搬進那座屬於軟盟的大廈裏去辦公，可是大家是否曾想過，就在此時此刻，世界上有多少人正在為打倒軟盟而絞盡腦汁嗎？每一個親身經歷了軟盟崛起的人都知道，今天的這一切有多麼不容易，可以毫不誇張地說，新大樓每砌上一塊磚，都要我們付出千百倍的努力！面對對手隨時可能發起的致命攻擊，我們該怎麼辦？」劉嘯豎起三根手指，「團結一心！少犯錯！多做事！」

「先哲孟子說過『生於憂患，死於安樂！』，歐陽修也曾說過『憂勞可以興國，逸豫可以亡身』，軟盟給大家提供國內最好的發展平臺，是希望能讓諸位可以去盡情施展才華，將心中的抱負轉換為實實在在的生產力，更何況現在新大樓連地基都沒有打下去，我們還遠遠沒有到鬆一口氣的時候。那些以為進入軟盟就可以萬事大吉，準備在這裏混日子養老的，將會是第一個被請離這裏的人。」劉嘯頓了頓，「明天，關於軟盟新員工新業務的相關激勵制度就會發到諸位的手上，軟盟還會為大家提供更好的環境，我們今後就是一條船上的人了，軟盟這艘船還能不能繼續乘風破浪，揚帆萬里，窗外的這座大樓能不能建起來，一年後我們能不能順利搬進去，就全看在座諸位的了。」

第二天下午，韋伯早早等在了蘭登的辦公室，他要第一時間得到鮑比所說的那套補丁程式，然後好安排工作。

可一直都等到快下班了，鮑比還是沒有出現，韋伯便有些坐不住了。

「蘭登將軍，要不要給鮑比先生打個電話問問情況，這都幾點了？」

蘭登放下手裏正在處理的檔案，看了看時間，眉頭也皺了下，鮑比昨天說最遲今天下午就能完成，就算完成不了，也應該打電話通知一下吧。蘭登於是拿起電話，撥了鮑比的號碼。

很快，電話裏傳來聲音，「對不起，你所撥打的用戶已經關機！」

「呃？」蘭登有些意外，為了確認自己沒有撥錯號碼，他又重新撥了一次，結果還是那個提示音，用戶關機！

「沒打通？」韋伯問著蘭登，「還是沒人接？」

「關機了！」蘭登放下電話，稍微一思索，覺得有些不對勁，趕緊又拿起電話，直接撥了鮑比所在的酒店電話，「幫我查一下，住在一八〇二房的鮑比・麥金農先生現在是否在房間？」

「稍等！」大概等了十秒鐘的時間，電話那邊有了答覆，「先生你好，鮑比先生早上出門辦事，現在不在房間，如果你有事找鮑比先生的話，請你留言，我們會……」

「啪！」蘭登直接掛了電話，然後站了起來，「事情有點不妙啊！」

「呃？」韋伯不明白蘭登這話的意思，一臉迷惑地看著他。

蘭登捏著下巴在屋裏踱了兩圈，又快速回到辦公桌前，拿起最靠裏的一部電話，「我是蘭登將軍，馬上幫我查一下，今天所有和鮑比・麥金農有關的消息，立刻向我報告！」

「出什麼事了？」韋伯越發疑惑，急忙問道。

蘭登沒說話，只是在沉眉思考著，他現在得讓自己保持冷靜，鮑比・麥金農早上就出門了，可到現在都還沒有到情報部，那他能去哪裡呢，蘭登可不敢把最壞的考慮告訴韋伯。

一分鐘後，蘭登桌上的電話響了，他立刻抓起來，就聽電話那邊說道：

「報告蘭登將軍，根據記錄顯示，鮑比・麥金農先生已經於今天上午乘坐飛機離開了F國，飛行的目的地是英國！」

蘭登就是再冷靜，也意識到發生了什麼事，扔掉電話，直接就朝負責人的辦公室奔去。

韋伯此時還迷糊著呢，不知道發生了什麼事，他追在蘭登後面，想進入情報部負責人的辦公室探探究竟，卻被門口的衛兵給攔住了，這不是什麼人都能進去的地方，除非得到辦公室主人的授權。

「詐騙?!」負責人從蘭登嘴裏聽到這兩個字的時候，反射動作似的從椅子裏彈了起來，「你再說一遍！」

「鮑比・麥金農已經離開我們的國境前往英國，事先並未通知我們任何人。我建議立刻通知國防部，暫緩向英國的公司支付訂金，這很有可能是一起詐騙事件！」蘭登說道。

負責人一下癱在了椅子裏，道：「晚了，昨天下午，國防部就已經把訂金給對方匯了過去！」

蘭登頓時覺得眼前一黑，稍微一定神，道：「現在還不算晚，我們可以立刻通過外交手段照會英國，讓他們暫時控制住鮑比・麥金農，把鮑比・麥金農私自離境的原因調查清楚！」

負責人趕緊拿起電話，「給我接駐英國領事館大使，馬上！」

兩分鐘後，電話接通了，負責人把事情簡單一說，要求大使立刻照會英國，控制鮑比・麥金農的行動，並調查他離境的原因。

通完電話，負責人坐在椅子裏，他想不通，為什麼事情會發生這麼突然的轉折，如果這真是詐騙，那鮑比・麥金農可以算得上是史上頭號的詐騙犯了，他從一個國家的國防部堂而皇之地拿走了廿一億美金。

「怎麼會這樣呢！」負責人像是在問蘭登，也像是在自言自語，他怎麼也想不明白，竟然會有人把國防部、情報部兩大部門都給糊弄了過去。

蘭登沒說話，他在等英國方面的消息，到現在，他也只是猜測，如果真成了事實，那後果將會非常嚴重，這不是蘭登所願意發生的。

半個小時後，F國駐英國領事館大使回報情報部，他只說了兩條，第一，英國今天並沒有一名叫做鮑比・麥金農的人入境；第二，加里・麥金農根本就沒有弟弟，英國也從未聘請過一名叫做鮑比・麥金農的人擔任國家網路安全的顧問。

「這不可能！」蘭登頓時發飆，「飛英國的飛機中間並沒有落地，難道鮑比・麥金農還能人間蒸發了不成？之前我們曾從英國調閱了大量關於鮑比・麥金農的資料，每份資料上都有英國情報部門和檔案部門的印章，難道這些都是假的不成？」

負責人倒是沒有蘭登那麼激動，他現在已經基本接受了這個現實，嘆息一聲，「我們還是通知國防部吧，讓他們想想辦法！」

蘭登一拳砸在桌子上，道：「讓國防部立刻照會英國，不管如何，一定要先控制住那家設備供應商，如果讓他也跑了，我們就真的完了！」

負責人撥通國防部的電話，把這個國防部可能永遠都無法接受的消息告訴了他們。

劉嘯早上起床的時候，覺得精神非常好，關於公司今後的發展方向，他現在突然有了一些思路，今天是公司的例會，他準備和公司的元老們商量一下。

各個部門的負責人把公司上周的營運狀態、開支等情況在例會上做了彙報，然後看著劉嘯，看看他對接下來的工作有什麼安排。

劉嘯環視了一下眾人，「我有一個新的想法……」

沒等劉嘯繼續說下去，所有的人都會意地笑了起來，他們都已經習慣了劉嘯的這個開場白，開會之前都還在打賭，現在果然猜中了。

劉嘯被笑得有些莫名其妙，想了想，自己剛才沒出什麼口誤啊。

「你們在笑什麼？」劉嘯問眾人，「我說錯什麼了嗎？」

「沒……」劉嘯這一問，業務部主管差點笑岔了氣，「你趕緊說你的新想法吧，大家都等著聽呢！」說完，繃著臉在那裏憋笑，其他幾人也差不多是這樣。

劉嘯有點摸不著頭腦，納悶地定了定神，繼續說道：

「關於安全業務的發展，之前我們已經商量過了，這個無需再說，畢竟這是咱們的根基所在，但關於新加盟的部門今後要怎麼發展，一直都沒有一個明確的方案，當時我們招人，一方面是提升實力，一方面是為安全業務尋找周邊人才。這次雷城之行，讓我對此有了一些新的想法。」

「第一，我想先拿出大概三億美金的資金，用於收購和扶持一批國內或者國外具有發展潛力的項目。在這方面，我們和易成軟體的合作就是個很成功的例子，有些公司，他們有人才，也有很好的項目，但是缺少資金，而我們現在最發愁的，就是手上累積了太多的流動資金。」

眾人點頭，軟盟確實在投資易成軟體中獲利不少，不光是資金回報，還有市場份額和影響力的提升，發掘一個具有潛力的項目，比自己搞新項目，要簡單而且風險更小，大家都覺得這個主意不錯。

「如果大家沒有什麼異議，那這個事情就交給商越去做！」劉嘯看著商越，「我們要投資什麼項目，就由你來確定和篩選，合作的方式，可以參考和易成軟體的合作模式，或者採取別的模式都可以，我們必須時刻走在市場的前面，去發現和培養那些具有趨勢性的項目。」

商越點頭，「你的意思我明白了，我回頭就著手辦這個事！」

劉嘯繼續說道：

「第二，新加盟的部門，也可以採取這種方式。這些部門裏有各方面的天才，心中肯定都是有抱負的，我想應該把這些人的才智徹底釋放出來才行。除了多梯次防禦體系之外，我想暫時不必給這些新部門下達別的項目，他們要做什麼，由他們自己決定，公司負責審批和資金方面的支持。如果誰有像策略級產品這樣的趨勢性項目，可以直接和我談，任何的合作方式都可以。公司可以設立一個員工創業的基金，做他們的後盾。」

「這……」

這下眾人就有些猶豫了，畢竟你要是收購和扶持別的企業，主動權在你手裏，你只需要考慮風險和收益之間的平衡就可以，但如果在自己企業內搞這種自由主義形式的政策，怕是對公司的發展會有些影響。

這次還是商越點頭，「我同意這個方案，『授之以魚，不如授之以漁』，天才需要的不是一份穩定的工作，而是一個機遇。我知道很多人會有些擔心，但我覺得這是沒有必要的，畢竟資金在我們手上，具體的合作方式最後還是由我們來定。再說，人是有良心的，我們幫他們實現夢想和抱負，他們知道該怎麼辦的！」

「那這事就交給人事部負責，先拿出一個具體的實施方案來！」劉嘯把這事派給了人事部，繼續又說道：

「第三，是關於軟盟的發展，這次我要說的不是什麼具體的業務，而是一個比較空泛的概念。」

劉嘯看了看眾人，「我覺得我們有必要對軟盟進行重新定位！」

眾人都很納悶，不太明白劉嘯這重新定位的意思是什麼。

「現在的軟盟和以前大有不同，我們加盟了很多新的業務和部門，絕大多數都是和安全業務無關的，所以再用以前的那套定位，就顯得有些落後了。」劉嘯看著眾人，「之前我們策略級產品的推廣，大家都看到了，困難重重，步步驚險，我們今後還要推出更多的產品，我想大家都不願意這樣的過程再一遍遍重複吧！」

眾人無語，那是當然，誰也不願意再受那樣的煎熬，腦子裏整天緊繃一根弦的滋味不好受。

「我不是行銷的專家，但我最近看了很多這方面的案例，發現了一些有趣的事情。比如說，ＬＶ要推出一款新的包包，有多少人會抵制？賓士要推出一個新的車系，有多少人會抵制？APPLE新推出一款手機，又有多少人會抵制？」

眾人看著劉嘯，不知道劉嘯說這些是什麼意思。

「我想非但不會有人反對，相反，這些品牌的忠實粉絲們反而會歡欣雀躍。大家有沒有想過這是為什麼？」劉嘯再次反問。

這下大家就有點回過味了，都在思考著劉嘯的問題。

「這就是品牌的力量，一種品牌文化！」劉嘯直接說出了自己的答案，「企業有國界，但品牌是沒有國界的，是品牌裏所凝聚的文化內涵打破了種族和國界的限制！」

眾人明白了過來，細細一想，覺得劉嘯所說非常有道理。

「軟盟之前的品牌力量，來自於我們是中國駭客的一面旗幟，這面旗幟不能倒下，今後還得繼續扛著！」劉嘯頓了頓，「但現在軟盟有了新的內容，所以我們的品牌文化也得有新的內容添加進去。」

「有道理！」業務部主管捏著下巴，「我怎麼就沒想到呢！」

「中國駭客這塊招牌，只適合於以前的軟盟，也就是我們現在的安全業務部門；我們之前的口號，對我們佔領國內市場。樹立企業形象起了一定作用，在一定程度上反而加大了我們進入國際市場的難度。現在的軟盟是個大平臺，應該有一種更加大器的文化內涵，是一種可以超越種族和國界限制的品牌文化。」劉嘯看著眾人，「今後我們對於軟盟的定位，不應該是某一種產品或者是項目，而應該是一種品牌，軟盟向大眾輸出的是一種可以信賴的、最安全、最高效、最人性化的品牌形象，而不是產品。只有大眾認可了你的這種形象，才會接受你的品牌，等我們樹立起了這塊品牌，那我們所推出的所有產品，自然而然都是可以信賴的，是最安全、最高效、最人性化的。」

「我明白你的意思了！」業務主管說，「也就是說，以後軟盟只管輸出一種品牌文化，把軟盟打造成一個平臺，具體的產品則是由下面的部門輸出，然後放到這個平臺上，掛上軟盟的標籤去推廣，對不對？」

「對！」劉嘯點頭，「我們今後要把兩個概念徹底分開，業務和服務，軟盟旗下所有的部門和企業只負責研發和生產產品，這是業務；而軟盟只做一件事，那就是建立一個推廣平臺，為所有的產品鋪路，這是服務，讓軟盟來為自己的所有產品服務。」

「這樣好！」業務主管第一個贊同，「我建議公司按照這個思路進行結構重組，然後各司其職，我們以後要做的產品會很多，總不能為了每一個產品都設立一個業務部吧，必須把業務和服務分開！」

其他人一細想，便都點了點頭，以前小打小鬧，也沒覺得有什麼不對，現在劉嘯這麼一提，大家也覺得必須有這麼一套體制，否則將來公司不知道要臃腫到什麼程度了，而且，也只有樹立一塊認知程度高的品牌，才能提升軟盟的競爭力，徹底解決幾個利益集團隨意聯合封殺就可以滅掉軟盟的困境，讓之前推廣策略級產品的歷史不再重演。

「如果大家都無異議，那這事就算是定了，人事部拿出一份改組的計畫，今後大家就各司其職，搞技術的就只負責產品研發，搞營運的就只負責品牌和市場推廣。」劉嘯說完又看著業務部主管，「估計這事最後還得著落在咱們現有的業務部身上，你拿出一個品牌推廣計畫，做好預算，咱們爭取在五到十年之內，將軟盟樹立成ＩＴ界的賓士。」

「好，你放心，我這就去做！」業務部主管打包票。

「這差事可不好做啊，現在公司給你一塊錢，將來可是要你吐回十塊來的！」劉嘯笑說，「怎麼樣？」

「放心！」業務主管胸脯拍得價響，「等我方案做出來，你就知道行不行！」

「那就這樣，散會！」劉嘯大手一揮，宣布散會。

國防部的羅斯中將在接到情報部負責人的電話後，第一時間趕到了情報部，「怎麼回事？到底是什麼情況？」羅斯中將顯然無法接受情報部的結論。

此時已經是深夜，情報部的負責人和蘭登都沒睡，守在大廳，等著各方面彙報過來的消息。

蘭登簡短地把事情的經過大致說了一遍，末了道：「現在我們還在對此事進行進一步調查！不過已經基本可以肯定，我們上當了！」

羅斯皺了皺眉，「你憑什麼判定鮑比・麥金農是個詐騙犯？」

「我們駐英國的大使傳回消息，英國方面表示，加里・麥金農根本就沒有弟弟，英國也沒有雇用過一位叫做鮑比・麥金農的安全專家。大使剛才還打電話過來，那個設備提供商提供的地址，現在已經人去樓空，他正在協調英國方面對這件事進行調查！」蘭登嘆了口氣，不再說話。

羅斯中將這才有點相信蘭登說的不是空穴來風，可是他想不通啊，「我們之前曾經對這個鮑比・麥金農進行過調查，為什麼當時一點問題都沒有呢？」

「我們正在調查此事！」蘭登皺眉，「可能有幾種原因，第一，英國方面故意提供了假的資料給我們；第二，資料在傳送過程中被人調包了！」

此時，一個通信兵走了過來，「報告蘭登將軍，英國方面傳來的最新消息，他們在今天所有出入境的錄影中發現了和鮑比・麥金農長相相似的人，希望我們做出一個準確的鑒定！」

「錄影在哪裡？」蘭登看著那通信兵，「立刻帶我過去！」

蘭登跟著通信兵來到一台電腦前，此時電腦上正反覆播放著一段視頻，是英國機場監控錄影中的一段畫面，時間顯示是今天下午一點多。

蘭登一看，當即拍了桌子，指著視頻中的一個人影道：「馬上告訴英國，就是此人！我可以肯定！讓他們調查一下此人的真實資料！」

視頻畫面雖然有些模糊，但蘭登還是一眼就認出了鮑比・麥金農，就是化成灰他也能認出來。旁邊的羅斯中將也認出來了，這確實就是鮑比・麥金農。

「報告！」通信兵再次走過來，「我們的情報人員剛剛發現，在網上搜索鮑比・麥金農，搜索到的結果為零，這和之前我們搜索的結果完全不符！據分析，很有可能是有人操縱了搜索引擎！」

蘭登頓時頭疼，事情越來越大了，這夥人已經不單單是一個鮑比・麥金農了，他們竟然連所有的搜索引擎都可以操縱，「馬上展開調查，一定要查清楚是怎麼回事！」

其實不用蘭登吩咐，那些情報人員早就展開了調查，不到幾分鐘的時間，結論就出來了，確實是有人操縱了搜索引擎！

在鮑比出現的這段時間內，F國境內的網路不管使用任何搜索引擎，只要打出鮑比・麥金農的名字，就會跑出大量的資料，這些資料都證實鮑比・麥金農是一位具有超強實力的安全專家，是中國駭客的剋星，戰績赫赫。可是現在全都消失了，F國境外的網路只能在搜索引擎上搜索到一條和鮑比・

麥金農有關的結果，那就是鮑比・麥金農是個喜歡用字母V來作為個人身分標記的安全專家，除此之外，什麼也沒有。

「這是一起有預謀的詐騙！」蘭登心中的怒火怎麼也壓不住，「他們就是看準了我們身處網路危機之中，急需一位救火隊長，這才投其所好，設下了這瞞天騙局！」蘭登一拳砸在牆上，「堂堂一個國家的政府，竟然被人戲弄到這種程度，奇恥大辱啊！」

羅斯中將的臉色此時也很不好看，計畫是國防部批准的，錢也是國防部支付的，現在廿一億美金被人捲跑，這麼大一個失誤，根本沒法向國會交代！

「報告！」通信兵走過來，「英國方面消息，據入境資訊顯示，畫面中的那人不叫鮑比・麥金農，他是以諾里斯的名字入境。但英國方面又表示，他們沒有查到任何關於諾里斯的資料，所有關於諾里斯的記錄，兩個小時前都被人神秘刪除了！」

這麼一說，蘭登倒是有些冷靜了下來，對方是以鮑比・麥金農這個名字離開F國境的，怎麼到了英國反倒是以諾里斯的名字入境呢，同一家航空公司，又是同一個人，怎麼能用兩個名字通關呢？

蘭登原地踱著步，眉頭鎖在了一起，他原本懷疑鮑比·麥金農是軟盟弄來搗亂的，現在看來，應該和軟盟沒關係，劉嘯就是再厲害，也絕對不會厲害到這種程度，他還沒有操縱搜索引擎的能力，也不可能篡改航空公司的旅客記錄，更不可能刪除某人的個人資料。

「對手是誰呢？」蘭登納悶著，能夠連F國國防部和情報部都能被瞞過去，那對手的來頭肯定小不，可蘭登就是想不出，到底F國得罪誰了，是誰設下了這個圈套呢。

羅斯中將也是氣急敗壞，「這到底是怎麼回事?到底是怎麼回事?」

此時理查突然出現在控制大廳，他走到蘭登的身旁，「Wind機構的電子公告板，剛剛發佈了一批新的商品目錄，你看看！」

理查把一份檔案塞到蘭登手裏，臉色有些怪異。

蘭登挨個看下去，突然臉色一變，把資料遞到負責人面前，「將軍，你看這裏！」

「Wind窮瘋了嗎？」負責人勃然大怒，「他們的膽子是越來越大了，什麼資料都敢賣！」

負責人怎能不發怒，因為Wind的販售目錄上，竟然有「軟盟劉嘯被綁架的真相」一條，開價是兩千五百萬美金！這明顯是在敲詐F國情報部門，如果你不買，被別人買走，尤其是被中國買走的話，就會扯出外交風波了。

這正是負責人所惱怒的地方，因為Wind機構出售的所有資料，都是附有證據的。有很多秘而不宣的事情，甚至有些事，全世界知道的人不會超過兩個，而Wind卻能拿到實實在在的證據，也不知道他們是透過什麼手段得到的，這也正是所有人都忌憚Wind機構的原因所在。

其實Wind機構所出售的很多資料，都是當事人自己給買了回去，但也沒辦法，因為見不得光，只能忍氣吞聲認倒楣了。

「唉！」蘭登一聲長嘆，「現在所有的人都想趁著我們網路危機時來撈一把，F・SK給我們開出三倍於市場價格的價格，把我們當冤大頭；鮑比・麥金農就利用我們的急切心理，詐走了廿一億；現在又輪到Wind這個網路流氓了，他們也想趁火打劫！」

蘭登一拳砸在桌上，牙根都咬出血了，自己進入情報部之後，還從未遭過如此大辱。

理查看大家臉色都不好看，等大家都稍微冷靜了一點，這才道：「將軍，你看這事……」

「買！」負責人大吼，「告訴Wind，我們買！」

「是！」理查點頭，顯得很無奈。

「如果讓我知道Wind的人在哪裡，我第一個過去把他們全部槍斃了！」負責人氣得眼睛都冒火了。

「將軍，消消氣！」蘭登此時倒是有些冷靜了下來，「這Wind不過就是想敲一筆錢，至少他們把自己的意圖擺在了明面上，這倒不足為慮，給他們就是了。現在我們最應該重視的，反而是鮑比・麥金農這件事！」

負責人強壓住自己的怒火，「說說你的看法！」

「依我看，此事應該和英國無關，如果我沒有猜錯的話，過去這幾天，我們整個的網路都被人控制了，我們發出去的消息以及收到的消息，都被這幫人給過濾和修改過，正是這些人為製造出來的消息，才讓我們上了這麼大一個當！」蘭登說道。

「整個網路都被人控制？」負責人顯然難以置信，就是國家的網監部門也不可能做到如此，對方手上沒有國家資源支持，怎麼可能做到這點呢。

「是！這是我的推斷！」蘭登緊鎖眉頭，「我們這次面對的，可能是一個前所未聞的網路流氓集團，他們的能力遠遠超過了我們的認知範圍。如果不是如此，根本就不能解釋目前這一切！」

「蘭登將軍！」羅斯中將對此也很不滿意，「就事論事，請不要危言聳聽，把責任往一些虛妄的結論上推！」

蘭登盯著羅斯，「我只是推斷，事情究竟如何，我們情報部會集合手裏所有資源，儘快弄出結論！還有，國防部是如何得知鮑比・麥金農，又是如何將此人請過來的，麻煩羅斯將軍弄個詳細的報告過來！」

蘭登這話意思很明顯，情報部別想推卸責任，因為那鮑比・麥金農是國防部弄來的，情報部只是奉命負責協調罷了。

羅斯頓時語癟，瞪了一眼蘭登，只得作罷，不管怎麼說，這人都是國防部給招進來的。

「明天一早，我會令人把事情過程的詳細報告給你送來！」說完，羅斯中將拂袖而去。他也得趕緊回去向國防部彙報，出了這麼大的醜事，一旦走漏消息，國防部就是第一個被問責的對象，現在能做的事，就是趕緊補救，動用所有的資源，儘快把這幫詐騙犯全部抓住。

「將軍！」通信兵又走了過來，「英國方面調查了國防部提供的那個帳號，國防部匯過去的資金，在到帳後就已經被分流，現在已經無法追回那筆資金，而且也很難查出資金的最終流向了，因為分流的帳號多達兩百多個，涉及到七十多個國家、一百多家銀行。」

「諾里斯呢？英國方面有沒有關於諾里斯的消息？」蘭登問著。

「英國方面證實，諾里斯的所有資料都是偽造的，而且這個人很有可能不是英國人，根據他們的調查，諾里斯在英國只停留了一個小時，隨後又乘飛機前往德國，這次他使用的是一個叫做帕爾默的名字出境，但奇怪的是，帕爾默的電子資料，也在三個小時前被神秘刪除了！」

蘭登的眉頭皺得更緊了，這幫人竟然可以隨意製造合法的身分資料，然後又可以隨意地刪除這些資料，進出英國的公民資料庫如入無人之境，這到底是什麼人啊！而且他們早就安排好了鮑比・麥金農的消失計畫，從他乘坐的飛機航線就能看出都是短線，飛機時間都只有一個小時左右，等你追到英國，他已經到了德國，等到了德國，他或許又在波蘭、捷克或者是義大利了。F國可以照會英國幫忙，但不可能照會所有的國家幫忙去調查一個人吧，而且是調查一個連真實姓名都不知道的人。

「蘭登，說說看你有沒有什麼好的辦法！」負責人這一輩子也沒碰到過這種事，他也被難住了。

蘭登原地踱了兩圈，目光落在Wind的那份文件上，突然冒出了個想法，「將軍，你看我們可不可以透過他們去查這件事！」蘭登指著Wind的那份目錄。

「通過Wind去查？」負責人皺眉。這倒是個主意，不過也有不妥的地方，先不說Wind的價格不便宜，堂堂一個國家的情報部門，居然把追凶的事交給一個職業網路間諜機構去做，未免太丟人了吧，負責人覺得自己丟不起這人。

「我們沒有任何關於對方的線索，但我們現在最寶貴的就是時間，時間拖得越久，我們抓住對方、追回資金的希望就越渺茫。我覺得可以接觸一下Wind，如果他們那裏有現成的線索或者是內幕，我們可以考慮買過來，或者拿他們感興趣的資料交換！」

負責人想了一會兒，大喊道：「理查！」

理查隨即快步過來，「將軍，什麼事？」

負責人把理查叫到自己身邊，低聲道：「發私訊給Wind，問他們是否有關於鮑比・麥金農的資料！」

「是！」理查低聲應道，轉身快步去辦了。

第二章　網路無冕王

「Wind號稱全球第一的網路間諜機構，誰也不知道他們的情報是通過什麼管道獲得，不過他們手裏全都是份量極重的情報，正因為如此，誰也不敢輕易動他們，可以說，他們是情報界的無冕王，不管是誰，都得忌憚三分。」

天亮的時候，國防部果然派人把資料送了過來，蘭登一看，才明白了事情原委。

國防部會知道鮑比・麥金農，是經由國內一位非常權威的網路安全大師介紹和引見的，國防部覺得鮑比・麥金農正是能夠幫助F國渡過網路危機的最佳人選，這才將對方從英國聘請了過來。

這位網路安全大師的名字，蘭登也略有耳聞，此人在國內有很高的聲譽，以前還曾擔任過國防部的網路安全顧問。

國防部資料還提到，昨天國防部就派人去對這位網路安全大師進行監控，結果發現此人也在一周前出了境，目前聯繫不到。

「唉……」蘭登嘆氣，對方這是早有預謀，所有的退路都想好了。

「蘭登將軍！」理查推門進來，「Wind那邊有回信了，他說他們有我們想要知道的東西，開價是兩千五百萬！」

「好！」蘭登站起來，「和我一起去見將軍，讓將軍來決定！」

負責人畢竟年歲高了，一晚上沒睡，此時就有些頂不住，坐在辦公室的椅子上小寐，兩人一敲門，便立刻清醒了過來，「怎麼樣？」

「Wind說，他們手上有我們需要的東西，兩千五百萬！」蘭登簡短說，

「國防部那邊的線索也斷了，介紹他們和鮑比認識的那位國內專家，現在也失蹤了！」

負責人捏捏額頭，看來現在不買Wind的資料都不行了。

「好！」負責人一咬牙，「回覆他們，錢今天就能匯過去，我們需要事件的詳細過程，以及對方的全部資料！」

「是！」理查一點頭，轉身出去了。

「蘭登，你猜猜看，這次到底是誰在整我們？」負責人問。

蘭登搖頭，「我也猜不到，但肯定不是軟盟，軟盟還沒有這麼大能耐！」

兩人誰也沒說話，都陷入了沉思。

「叮鈴鈴！」負責人桌上的電話突然響了起來。

「情報部，請說！」負責人抓起電話。

「沃利斯上將，非常感謝你的兩千五百萬！」電話裡傳來奇怪的聲音。

負責人先是一愣，隨即反應過來，「你是Wind機構的人？」

蘭登一聽，頓時輕手輕腳走出房門，立刻安排人對電話來源進行追蹤。

「在下雁留聲！」電話裏傳來呵呵的笑聲。

「你的錢，我們今天會匯過去，你有什麼事嗎？」負責人問道。

「你們不是想要知道是誰騙走你們廿一億嗎？」雁留聲依然是那副笑呵呵的口氣，「我打電話來，就是向你坦白，這件事是我們Wind做的，我知道你的電話有錄音，你現在可以對你們的國防部做出一個交代了！」

負責人既驚又怒，「為什麼？我們以前並沒有冤仇，上次誘捕Wind的計畫，我們也沒有參與，你為什麼要這麼做？」

「有人花了兩億美金，請我們代為出手而已！」雁留聲頓了頓，「我們Wind就是吃這碗飯的，收人錢財，為人消災，也就是看在我們之前並無仇怨的份上，我才會親自打電話給你解釋此事！關於事件的詳細過程，我們收到錢後，會給你們發過來！」

「是誰？」負責人拍桌子站了起來，「是誰花錢讓你們這麼做的？」

「將軍應該知道，我們Wind是從不洩露客戶資料的！」雁留聲嘆了口氣，「我很遺憾，這次幫不上你了，這筆錢既然已經落入了我們的手中，我奉勸將軍不必再勞心費神了，你們肯定是拿不回去了！」

「雁留聲，總有一天我會抓住你的！」負責人大怒，衝著電話裏一陣大吼，便掛了電話。

這個Wind這些年凌駕於各國情報部門之上作威作福也就罷了，現在居然還幹起了詐騙的勾當，而且還敢跑來貓哭耗子，簡直是欺人太甚！

「將軍！」蘭登此時走了進來，搖著頭，「沒有追蹤到電話來源，他們的反追蹤技術非常高明！」

蘭登看負責人一臉怒氣，有些詫異，問道：「將軍，Wind的人說什麼？」

「還能說什麼！」負責人拍著桌子，「鮑比詐騙我們廿一億美金的事，就是他們Wind一手操辦的！」

蘭登驚道：「為什麼？我們和Wind並無什麼仇怨啊，他們為什麼要做這種事呢！」

「是有人花兩億請他們做的！」負責人在辦公桌後面來回踱著步子，「氣死我了，還告訴我說不要想把錢拿回去，欺人太甚，簡直欺人太甚！」

蘭登沒說話，凝眉沉思，他沒想到Wind的運作能力竟會如此了得，看來之前一直給自己提供錯誤情報的，就是Wind了，可他們是怎麼做到的呢？操縱搜索引擎倒也罷了，畢竟Wind擅長的就是網路攻擊，可自己向英國調閱的那些關於鮑比的資料，怎麼也變成了Wind事先準備好的資料呢？之前情報部讓劉嘯給耍了，倒還說得過去，因為軟盟長在網路攻擊，可這Wind實在是太可怕了，他們竟然把眼耳通天的情報部門都給誆了，在情報工作上壓倒情報部門，也難怪將軍會這麼生氣，這個打擊實在是太大了。

「蘭登！」負責人氣呼呼地坐下，「馬上知會國防部，把這事的調查結果告訴他們，看他們是什麼態度！」

「是！」蘭登點頭，不過卻沒有急著去行動。

「你怎麼不動啊！」負責人揮著手，他心裏很亂，想趕緊打發走蘭登，然後一個人靜一靜。

「事情已經這樣，也不急在這一會兒！」蘭登看著負責人，「我想知道將軍準備怎麼處理這事，難道就讓Wind這麼囂張下去？」

負責人捏著額頭，「誰都想滅掉Wind，可誰也拿他沒有辦法。Wind的報復比起劉嘯來，是有過之而無不及，上次十國聯合誘捕雁留聲，雁留聲的影子還沒摸到，十國情報部門的負責人就已經集體引咎辭職了。」

蘭登想了想道：「其實我也琢磨這個問題很久了，Wind如果繼續存在下去，會成為所有情報部門的一大禍害，之前他們不過是倒賣情報，我們頂多是花點錢，把不能曝光的資料買回來，倒也沒有什麼事。可照現在的情況看來，他們的能力遠遠比我們想像中要大了很多，為了一個客戶的委託，他們竟能完全控制一個大國的所有網路輿論，甚至連機密資料也在傳送過程中被他們做了全程監控和修改，這樣的組織絕對不能存在下去。」

「你有什麼辦法？」負責人問道。

「中國有句話，叫做一物降一物！」蘭登看著負責人。

「怎麼講？」負責人問道。

「Wind生來就是要對付我們這些情報部門，他們熟悉我們的一切，是來吸我們血的，我們在明，他們在暗，他們可以隨意對付我們，我們卻連他們的影子也摸不到！」蘭登皺著眉，「由我們去對付他們，是非常不明智的，就算是聯合所有的情報部門，也未必能抓到他們！」

「那應該由誰去抓他們？」負責人被這麼一點，倒是有些模糊的思路了。

「軟盟！」蘭登一字一句道。

負責人「刷」一下站了起來，「對！為什麼我之前就沒想起他們呢！」

「軟盟這種網路機構，專門做一件事，那就是網路安全，他們熟悉駭客圈裏的一切。特別是劉嘯，他曾破獲了軟盟的前任掌門吳非凡，在此之前，根本就沒人想得到吳非凡會是中國最大地下駭客集團，也只有劉嘯這種人，才會揪出吳非凡的尾巴來！」蘭登看著負責人，「有些事，得交給更適合的人去做！」

「有道理！」負責人捏著下巴踱了兩步，「讓網路安全機構去追捕地下駭客集團，這本來就是順理成章的事！如果真能讓軟盟去搞Wind，那我們就可以坐收漁人之利了，一下剪除掉兩個大患。」

「是啊！」蘭登點頭，「我也是這麼考慮的，能讓他們互鬥，那是最好不過了，可這事也不那麼好辦。這個世界上，知道Wind的人沒有幾個，軟盟未必肯去招惹Wind。」

「你是說，要讓軟盟對Wind引起興趣，就必須先把Wind捧起來？」負責人問道。

「是啊！」蘭登頷首，「如果是一個誰都沒有聽說過的地下駭客組織，估計沒人願意去理他，耗時耗力，而且還不會有什麼好處。但如果對方是一個名動天下的超級駭客組織，那就會好辦很多了，軟盟現在急於拿到全球安全界的領導地位，如果有這麼一個機會，他們絕不會放過的，他們會竭力拿下Wind，向世人證明他們的能力。」

負責人站定，點著頭，蘭登的話確實有道理，軟盟還不能算是情報部的大患，他們是開門做生意的，不敢做出什麼出格的事，而Wind已經成為情報部頭上的一把刀，今天他捲走了你廿一億，天知道他下次會捲走你什麼地方，這個組織一日不除，就一天不得安穩。

「這事得慎重考慮！」負責人很贊同蘭登的說法，但還是有些顧忌，Wind的報復實在是讓人無法招架，「千萬不能再有什麼差池，我現在最擔心的是，這次鮑比的事，會不會是軟盟委託Wind幹的？」

「絕對不會！」蘭登搖頭，「因為軟盟沒有必要這麼做，他們在之前對我們的所有行動中已經占盡了上風，沒有Wind，他們也能自己搞定一切！」

「好，這事你去籌畫一下，拿出一個方案來！」負責人說著，就拿起了自己的帽子，「我到國防部，向他們親自彙報這件事！」

方國坤走進自己的辦公室，小吳隨後就跟了進來，「頭，有Wind的消息！」

方國坤立刻問道，「什麼消息，快說！」

「據F國媒體報導，F國國防部前段時間聘請來一個網路安全顧問，協助他們解決網路安全危機。沒想到這個人是個騙子，F國被騙走了廿一億美金。事後此人安全脫身，現在F國上下均對國防部十分不滿！」小吳說道。

「有這種事？」方國坤覺得有些不可置信，「堂堂一個國防部，竟讓一個騙子捲走廿一億？」

小吳點頭，「F國媒體是這麼報導的，現在正在對國防部進行質詢！」

「有意思！」方國坤有節奏地轉著手裏的筆，「竟然會有這麼厲害的人物，敢詐騙到國防部的頭上，厲害！對了，你說的Wind的消息呢？」

方國坤對別人被騙多少沒興趣，這和自己沒關係，他關心的是Wind。

「全面運作這件事的，便是Wind！」小吳道。

「什麼?!」方國坤立時站了起來，「你是說，是Wind運作了這次的詐騙事件？」

「是！」小吳點頭，「F國的情報部對此事進行了調查，這是他們的結論，Wind控制了F國的網路，向他們的國防部和情報部輸送大量的偽造資料，這才騙過了他們，事後又策劃了實施人的蒸發行動，F國連根毛都沒抓到！」小吳說完，笑了起來。

「不對啊！」方國坤皺起了眉頭，「Wind只做情報生意，和F國也沒什麼大的仇怨，為什麼要去主動挑釁呢。這是對F國的極大羞辱，他們肯定不會放過Wind的！」

小吳也是搖頭，「這就不清楚了！可能是F國做了什麼事對Wind不利。」

方國坤搖搖頭，想了想，突然問道：「劉嘯那邊有什麼動靜？」

小吳一愣，隨即回過神來，「你懷疑這事是劉嘯做的？」

「不會！」方國坤擺了擺手，「劉嘯還沒有這麼大的能耐，他要是有能混淆一個國家情報部視聽的本事，也就不會被人綁架了。我是說，這事是不是劉嘯起了什麼推動作用？」

「這倒有可能！」小吳點頭，「劉嘯之前就對DTK的行動瞭若指掌，可見他非常熟悉網路間諜的圈子，再加上那個神秘的踏雪無痕，我看這事沒準還真和他有關係。」

「我也不過是隨便一猜！」方國坤坐了下去，「除了那次針對DTK之外，劉嘯之後的所有表現，根本就和那個圈子一點都扯不上關係。我看這事還是不要隨便亂猜，你叫人盯著F國那邊，靜觀其變就是，我看這次得有人倒楣了，廿一億可不是個小數目，出了這麼大一個簍子，得有人來扛著啊！」

方國坤還真沒有說錯，F國很快對此事做出了一個處理結果。國防部羅斯中將偏聽偏信，引狼入室，對此事負有主要責任，被國防部解除一切職務，開除軍籍；情報部負責人沃利斯上將，疏於核實，同樣也被免職。這一下，這兩位愛釣魚的將軍，總算是有大把的閒工夫去釣魚了。

同時，F國國防部成立專案調查組，任務是全力追查此事，抓住罪犯鮑比・麥金農，挽回國家的損失！

F國情報部的樓下，負責人站在那裏，蘭登站在他的身後，手裏捧著一個盒子，裏面是負責人的一些私人物品。

「蘭登！」負責人留戀地看了一下這座大樓，「以後情報部的事，就交給你了！」

「將軍……」蘭登不知道自己該說什麼，只是看著負責人。

「我也到了該退休的年齡，我的思維已經跟不上時代了，情報部應該由你這樣的年輕人來接管，如果能夠早聽你的，也不會發生這樣的事！」負責人嘆著氣。

「將軍，事情還有很多解決的辦法，你沒必要這麼做！」

負責人一抬手，打斷了蘭登的話，淡淡笑道：「捨不得孩子套不著狼，如果你能消滅掉Wind，那我和羅斯將軍的這番苦心，也不算白費。」

蘭登黯然，被人騙走廿一億，這是F國的奇恥大辱，政府本是不準備公佈這件事的，他們要面子。是沃利斯說服了國防部，要求把這事搞大，並主動請求處分，他這麼做不為別的，只為成全Wind的威名。

能讓一個國家的情報部最高負責人和國防部的高官同時離職，Wind也算是前無古人了。

如此便能讓Wind聲名鵲起，也只有這樣，才能讓Wind成為眾矢之的。而且這一切全都是順理成章，至少不會讓Wind覺得是有人故意設下圈套來炒作他們，他們自然也就沒有理由把報復的矛頭指向F國。

「好了！」負責人從蘭登手裏接過自己的東西，「好好幹吧，預祝你能成功！」

「將軍！」蘭登朝負責人敬禮，「我不會讓你失望的！」

劉嘯的消息沒有方國坤那麼靈通，他知道Wind捲走F國廿一億的事時，國內的媒體已開始在大肆報導Wind了，此時蘭登走馬上任，成為F國新一任情報部最高負責人。以前只有極少數人才知道的Wind機構，一夜之間全球皆知，不僅僅是駭客圈錢的記錄被他們刷新，而是Wind這種圈錢的模式實在是駭人聽聞，一位上將加一位中將的落馬，以及廿一億的損失，讓全球所有政權部門都對自己的網路安全開始擔憂。

「Wind？」劉嘯有些吃驚，他對這個名字太有印象了，這不就是踏雪無痕提到的那個最厲害的網路間諜機構嗎，那個神秘而獨立特行的雁留聲，就是這個機構的負責人。

劉嘯納悶，事情怎麼會這麼湊巧呢，老子正和F國較勁呢，這Wind也跑來摻和。不過還是人家厲害，竟然能從一個國家的國庫弄走廿一億，真是神奇！

「劉總！」前臺美眉拿著一份文件進來，「剛收到的邀請函！」

「什麼內容，誰邀請的？」劉嘯隨口問道。

「是世界資訊安全論壇，他們說是要在F國召開一個會議，屆時邀請所有知名資訊安全機構的技術負責人到場，一起商討全球面臨的資訊安全形勢！」美眉把邀請函內容簡單說了一下，放在了劉嘯桌上。

劉嘯「哦」了一聲。怪了，軟盟並沒有加入世界資訊安全論壇，怎麼也會收到邀請函？再想起剛才Wind的事，劉嘯便有些明白了，可能是Wind的這次行動，讓某些人有些坐臥不安了，這次的會議，很有可能是想研究出對付Wind的辦法吧。

想到這裏，劉嘯便道：「你回覆他們，就說我們不是成員機構，不方便出席！」

「不方便出席什麼啊？」劉嘯的話音剛落，辦公室的門又被推開，就見方國坤笑呵呵地走了進來。

「方大哥，你怎麼來了，快坐！」自從封明綁架事件後，劉嘯對方國坤的態度明顯好多了，這是救命恩人啊。

美眉看著劉嘯，「劉總，那這回覆還發不發？」

「不急，一會兒再說，你先去忙吧！」劉嘯把美眉打發走，轉身問方國坤，「你今天怎麼有空過來海城，找我有事？」

「有點公務，順便來看看你！」方國坤笑著坐下來，「最近發生不少事，我有個問題想問問你！」

「方大哥有什麼問題，儘管問就是了！」

「你聽說過Wind嗎？」方國坤問道。

劉嘯先是一愣，隨後搖頭，「剛才看報紙還看到這個名字，不過也是第一次聽說，怎麼了？」

「沒什麼！」方國坤笑著接過水，呡了一口，「那你肯定知道F國被Wind詐走廿一億的事了吧！」

劉嘯點頭，「今天的報紙都在報導這件事，想不知道都難。」

「你對此事有什麼看法？」方國坤看著劉嘯。

「要說看法……」劉嘯沉吟了一下，「我覺得這事有點太過不可思議了，F國如此草率便請來一位網路安全顧問，又匆匆通過了一個雲裏霧裏的安全體系方案，這才導致了最後的大失誤。我有點費解，難道F國上下就沒有一個明白人嗎，難道自始至終就沒有一個人發現這裏面的問題？」

「國防部，情報部，這兩個部門非比尋常，辦事章程十分嚴謹縝密，又怎麼會草率行事呢？」方國坤笑說。

「既然是謹慎行事，那又怎麼會上了這麼一個大當呢？」劉嘯反問。

「你說呢？」方國坤也是一個反問。

劉嘯一沉眉，「那你的意思是……」劉嘯搖搖頭道：「Wind沒有這麼大能耐吧，國防部和情報部可不是一般的部門，沒那麼容易糊弄的！」

「恰恰相反！」方國坤說，「這個Wind還真的是從虎口裏拔到了牙。我們得到一些大概的情報，說Wind控制了整個F國的網路，監控和修改了情報部和國防部的網路資料，向他們輸送了大量的偽造情報，才導致F國舉國上下對那個鮑比・麥金農深信不疑。」

「不會吧！控制一個國家的網路？」劉嘯連連擺手，笑道：「這不可能，技術上根本無法實現！」

「你是網路專家，你說的話我信！」方國坤道，「其實我也和你一樣，非常費解。」

方國坤又道：「我聽說世界資訊安全論壇要在F國舉行一次緊急的安全研討會，屆時不光會有知名安全機構出席，還有多國的網安、網情部門負責人到場，特別是F國，他們會在大會上說明此次事件的詳細過程，並提供涉及到的所有資料證據，甚至有可能帶專家到他們的情報部和網安部進行現場勘驗。」

「這麼說，他們的這次研討會倒是有些看頭，我也想弄清楚這到底是怎麼回事呢！」踏雪無痕的情報中曾經提到過雁留聲的名字來歷，劉嘯想親自去求證一下，看看是不是雁留聲每次作案必留標記。

「我剛才進來的時候，你在說什麼不方便出席，出席什麼啊？」方國坤問。

劉嘯一拍腦門，「就是你說的這個研討會！他們給軟盟發了邀請函，我以為沒什麼看頭，所以就不打算去湊熱鬧！你先等等！」

劉嘯把前臺美眉又喊了過來，「你回覆世界資訊安全論壇，就說我們軟盟會出席！」又對方國坤說：「讓你這麼一說，我倒真得去看看，看看這個Wind到底有何神通。」

「弄清楚了，別忘回頭告訴我一聲！」方國坤笑說。

「嗯！」劉嘯應道：「你手上的資源多，那你之前有沒有聽說過這個Wind？能不能給我簡單介紹一下，好讓我有個大概的瞭解啊！」

「Wind號稱全球第一的網路間諜機構，誰也不知道他們的情報是通過什麼管道獲得，不過他們手裏全都是份量極重的情報，正因為如此，誰也不敢輕易動他們，可以說，他們是情報界的無冕王，不管是誰，都得忌憚三分。他們的負責人叫做雁留聲，技術高超，進出各國關鍵網路如入無人之境，圈內的人都說，他每次得手必會留下獨家標記，誰能找到這個標記就能抓到雁留聲。可雁留聲神出鬼沒，別說是尋找到這個標記，就是進出你的伺服器上百遍，你也未必能夠知道！」方國坤搖了搖頭，「Wind可以說是各國情報部門的一大噩夢，誰都恨得牙癢癢，以前有人下套想誘捕他們，可惜最後反倒被Wind給整了，到最後，就沒人再提這事了！」

方國坤說的這些，踏雪無痕的資料也都提過，劉嘯並沒有得到什麼新的資訊，不免有些失望，道：「那這次F國鬧這麼大，看來是準備要端掉Wind了！這下可有熱鬧看了！我都還沒想好怎麼對付F國情報部的那幫傢伙呢，Wind倒跑到我前面去了！」

方國坤一愣，隨即笑道：「你小子還記著仇呢，你前段時間鬧得動靜也不小，要不是你把F國給攪亂了，這Wind也沒有趁虛而入的機會啊，哈哈！」

「總歸不是自己動手啊！」劉嘯有些遺憾，「人在家中坐，禍事從天降，那次要不是你派人搭救，我這條小命就完蛋了。人不犯我，我不犯人，這是我一貫的原則。」

「看你人長得文縐縐的，火氣倒是不小！」方國坤取笑說，「誰要是惹上你，我看也不比惹上Wind好受多少！」

劉嘯臉色一變，不再說話，他覺得方國坤這是在給自己警告，把自己和Wind劃到一塊兒去了。

「好了！」方國坤站了起來，笑道：「我還要去處理點公務，下次到海城時再來看你。」

劉嘯把方國坤送走之後，他便抽了自己一個嘴巴，「禍從口出啊，怎麼就老是不長記性呢！」

第三章　全民公敵

蘭登道：「這個Wind在網路攻擊方面的水準，可以說是登峰造極，此次世界資訊安全論壇召開緊急高峰會，就是要商討此事，要拿出一個對付Wind的辦法，還希望劉先生能夠全力鼎助，大家來共討Wind這個網路安全界的公敵！」

晚上回到家，劉嘯打開電腦，找到踏雪無痕，把Wind捲走F國廿一億的事說了一下。

「我準備去趟F國，方國坤說Wind控制了F國情報部和國防部的所有網路通信，我有點不相信，決定去F國瞭解一下事情的來龍去脈。師父你神通廣大，對網路間諜機構也比較瞭解，你說，他們的能力真的能大到如此地步？」

劉嘯還是無法相信方國坤的那些話，再次向踏雪無痕求證。

踏雪無痕許久之後才傳回訊息，似乎是有些意外，「你準備去F國？」

劉嘯回道：「原本沒打算去，現在起了興趣，畢竟我也是駭客。」

「那你去吧，見識一下也好！」踏雪無痕沒表示反對，「不過我估計你要失望而歸了，你分析了我的進攻資料已經有三年了，到現在連我的位置也沒搞定，想到F國找出雁留聲的蹤跡，不太可能！」

劉嘯一驚，趕緊問道：「師父你和雁留聲交過手？」

「半斤八兩！」踏雪無痕的這個回覆等於是回答了劉嘯的問題。

劉嘯頓時涼了半截，如果雁留聲的水準真和踏雪無痕是一個層次，那自己這次也只能是去看看熱鬧了，甚至可以說，有這閒工夫，還不如待在家裏研究踏雪無痕的進攻資料，搞定踏雪無痕，也就相當於是搞定了雁留聲。

劉嘯突然想起一件事，急忙問道：「那雁留聲所用的技術，也是遠遠高出了目前的知識架構？」

「是！」踏雪無痕也沒否認，「除非你能知道我們採用的什麼技術體系，否則永遠都不可能抓到任何的蛛絲馬跡！」

劉嘯嘆氣說：「看來真的只能去看熱鬧了！」

但劉嘯還不能不去，因為他已經答應了方國坤要去弄清楚事情的來龍去脈。

「看看也好，你不是要搞那個多梯次防禦體系嗎，這次的大會將有多國的安全部門負責人出席，正好可以從他們的嘴裏得到一些你想知道的資訊，甚至有合作的機會！」

劉嘯無奈苦笑，「就算搞出這個體系又如何，也未必能防住Wind！」

「你這樣說就錯了，規則再好，也有漏洞，體系再先進，也會有瑕疵，這個世界上沒有絕對完美，只有相對的先進！」踏雪無痕這番話講的是又空又大，不過他後面還有解釋，「你忽略其中人的作用，人是會進步會思索的，我已經感覺到，你距離我越來越近，只差一小步了！」

這一下，劉嘯又來勁了，他現在最迷惘的是，就是不知道自己距離踏雪無痕還有多少，長達三年的追趕，已經讓劉嘯有些筋疲力盡了！

「同樣都是一個規則，有人成了超級駭客，有人成了安全專家，大部分人則是只會循規蹈矩，只有極少數的人，才能凌駕於規則之上！」踏雪無痕又發了一句話，然後道：「你好好想想吧，我有事先下了！」

劉嘯思索著踏雪無痕的話，他覺得踏雪無痕這是在提醒自己什麼，凌駕於規則之上，不受規則限制，那肯定就是找到了規則上的極大漏洞，才能擺脫規則的束縛。那這是不是說，只要自己也找到了這個漏洞，同樣可以游離於規則之外？那時候大概就能追上踏雪無痕和雁留聲了。

在電腦前愣了至少半個小時，劉嘯才回過神來，看到踏雪無痕早已離開，才匆匆回了一句，「謝謝你，我想我明白一些了！」

因為只是去湊熱鬧，劉嘯本想讓商越代自己去參加這個會議，後來考慮到商越之前在F國鬧得太凶，又遭遇了西德尼這個高手，劉嘯怕商越有什麼把柄會落在F國手裏，所以最後還是決定自己去。

F國對於此次的會議非常重視，劉嘯在F國一落地，就有人站在他的面前，肩膀的一大堆星星晃得劉嘯都睜不開眼。

「是軟盟的劉嘯先生吧？」來人朝劉嘯伸出手，「我是蘭登！歡迎你到F國來！」

劉嘯大出意外，自己又不是什麼政要，更不是國賓，怎麼會跑來這麼一位大人物來親自接待呢。

劉嘯納悶地伸出手，「你好，我就是劉嘯！」

「我聽西德尼先生提起過你，他對劉先生的技術非常讚賞，說你是他的一個老師，這讓我不勝仰慕！」蘭登仔細打量著劉嘯，看起來並沒有什麼出奇的地方，可就是眼前這個劉嘯，鬧得F國上下雞飛狗跳，要不是如此，F國也不會上了Wind的當。「所以得知劉先生會來F國，我便很冒昧地前來迎接，希望劉先生海涵！」

劉嘯擺了擺手，「怎麼會，非常感激蘭登先生的盛情。不過西德尼先生的話你可不能全信，他對我太過褒獎了，距離西德尼先生我還有不小的距離，又怎麼能做得了他的老師。呵呵！」

「劉先生謙虛了！」蘭登一招手，車子便駛了過來，「來，劉先生請上車，我送你去大會指定的接待地點，順便就上次我們退訂貴公司產品的事，向你做個解釋！」

「那就謝謝蘭登先生了！」劉嘯道。

「我想請問，」劉嘯走到車前，突然問道：「蘭登先生所司何職？」

「鄙人是F國情報部新任的最高負責人！」蘭登答道。

劉嘯一聽，立時一愣，那自己不是上了賊船嗎，上次綁架他的就是情報部，自己和商越之前鬧的也是情報部，這傢伙新官上任卻跑來接自己，肯定是沒安什麼好心啊。

「怎麼了？」蘭登看著劉嘯，「劉先生似乎是對我有些不放心！」

「不是！」劉嘯擺了擺手，「我只是有些納悶，剛才我以為你是網安部的官員呢，沒想到會是情報部的。」

「F國網路危機中，損失最慘重的就是情報部門，我們一直被駭客們所詆毀，前任最高負責人沃利斯上將也因為此事落了個引咎辭職的下場，這是我們情報部的一大恥辱！」蘭登看著劉嘯，「劉嘯先生是全球知名的網安專家，得知你要親赴F國參加安全論壇，我特地前來迎接，希望劉先生能看在我的一番誠意上，給我們指點一二，破解目前困局，一雪前恥！」

「蘭登將軍謬讚了！我哪有那麼大的本事！」劉嘯趕緊搖頭，這傢伙嘴上說得客氣，心裏還不知道怎麼恨自己呢，這是在示威啊！

「劉先生，請先上車，上車再說！」蘭登抬手示意劉嘯先請。

劉嘯一咬牙，也只能這樣了，既來之則安之，反正他們也不敢把自己怎麼樣。

「上次我們退訂貴方的產品，事先沒有知會貴方，有失妥當，這裏我給劉先生致歉。」車子一開動，蘭登就進入正題，來了個以退為進。

「蘭登先生不必如此，其實我們也有不妥的地方！」劉嘯笑著說，「要不是我們市場推廣過於急進，也不會發生這樣的事，這對我們也是一個教訓。現在我們正在全球所有市場內設立更加完善的售後技術支援網路，今後這樣的事應該不會再發生了，只要客戶的產品出現問題，不管產品數量多寡，我們的技術人員都會在半個小時內通過多種途徑給予解決。」

「不是你們產品的問題！」蘭登搖頭，「事後我們做了調查，事故的原因，主要是因為我們的網管對於貴方產品的操作和設置不夠熟練，操作失誤，才導致了最後的事故！」

劉嘯懶得和這傢伙說這些虛套的謊話，道：「過去的事不要提了！這次世界資訊安全論壇召開的會議，F國也會參加吧？」

「是！」蘭登頷首，「我們也是論壇的成員機構，這次我會親自參加會議，詳細說明事件的過程。」

「哦？」劉嘯看著蘭登，「我們軟盟不是成員機構，所以我原本並不打算過來參加這個會議，只是心裏有些疑惑無法解開，這才過來求解。」

「什麼疑惑？劉先生請說！」

「國防部、情報部都是國家利器，掌握的資源很多，辦事也是謹慎縝密，這次卻上了一個私人組織的當。」劉嘯問，「我想知道，這個Wind真有那麼厲害？」

蘭登一聽，心下大喜，看來這技術人的通病，即便是如劉嘯這樣的高手也無法避免，只要他能對Wind起興趣，那麼忽悠軟盟和Wind互戰的事就有戲了。

蘭登道：「既然事情已經發生了，那我也就不再避諱什麼，這個Wind在網路攻擊方面的水準，可以說是登峰造極，此次世界資訊安全論壇召開緊急高峰會，就是要商討此事，要拿出一個對付Wind的辦法，否則，他們這次能敲詐我們，下次也同樣可以敲詐別的國家！還希望劉先生能夠全力鼎助，大家來共討Wind這個網路安全界的公敵！」

「真有這麼厲害？」劉嘯故作一臉納悶狀，「那我倒是想要見識見識！」

「會議明天召開，屆時我會向所有與會者詳細說明事件過程，聽完之後，如果劉先生還有什麼疑惑，儘管可以聯繫我！」蘭登說完，從自己的口袋裏掏出一張名片，遞給了劉嘯。

「好！」劉嘯和蘭登換過名片，車子就已經到達了酒店樓下，「多謝蘭登先生的盛情接待，那咱們就明天見吧！」

劉嘯進了酒店，便看見有大廳裏有大會設立的接待處，過去拿邀請函簽了名，領了房卡和會議日程。劉嘯在簽到簿上翻了翻，看到了不少熟悉的人名，前幾天雷城高峰會剛見過的。

放下簿子，劉嘯便上樓去了，心裏琢磨著今天蘭登來接自己的事，是不是還有什麼別的意思，別人的來頭可比自己大多了，也沒見蘭登親自去接啊。

第二天一大早，大會安排的車子便已停在樓下，劉嘯跳上一輛中巴，便和眾人一起來到此次會議的會場。

會場外面，三步一崗，五步一哨，站了許多員警，會場的門口也設了好幾道安檢，與會者的所有通訊工具以及電子數位產品都要被交上去，暫時由大會代為保管。

劉嘯這才知道，此次大會嚴禁拍攝錄音，禁止會場通訊，別說你這些東西帶不進去，就是帶進去了，也是無濟於事，會場的通訊信號都已經被遮罩了，劉嘯一看會場外停著的那輛電子干擾車就明白了。

「有意思！有意思！」劉嘯笑了笑，挑了一個僻靜的角落坐了下去。

與會者陸陸續續到達，別人跟劉嘯不一樣，都是搶著往前坐，爭取看個明白，再露個臉，哪像他，躲在角落裏，不知道的還以為是會場清潔人員呢。

劉嘯倒也樂得清靜，只等著大會開始。

「嘩！」

劉嘯正坐在那裏出神，就聽旁邊有動靜，一扭頭，看見旁邊的位子上坐下一個人，居然也是黑眼睛黃皮膚。

「中國人？」劉嘯問道。

那人一點頭，「是，你也是？」

劉嘯點頭，心裏卻納悶著這個人是誰。

「你好，沒想到還能在這裏看到同胞，我是軟盟的劉嘯！」劉嘯先自報了家門，然後問道：「請問這位大哥哪裡高就？」

「你是劉嘯？」那人站了起來，把劉嘯仔細打量了一番，「老是聽文清說起你，可惜一直沒見過面，今天在這裏碰見，真是幸會啊！」

「你認識文清大哥？」劉嘯大喜，和對方握手。

那人掏出自己的名片，「戴志強，ＯＴＥ歐洲區負責人！」

劉嘯大驚，沒想到眼前這人竟是ＯＴＥ的歐洲負責人，趕緊拿出自己的名片，「ＯＴＥ內個個都是絕世天才，今天能夠認識戴大哥，是我的運氣！」

「你這人年紀輕輕，怎麼這麼囉嗦，客氣什麼！坐！」戴志強問道：「你怎麼會來湊這個熱鬧？」

「戴大哥也知道Wind吧？」劉嘯問。

「知道一些！」戴志強嘆氣，「不過沒有交過手，只知道這幫人非常厲害！」

劉嘯笑說：「我本來沒打算來，就是想弄清楚到底是怎麼回事，這才過來看看！」

「哦，那你不會失望！」戴志強說，「這次他們開會就是要談這個。」

「那OTE設計的那款世界級安全體系，能不能擋住Wind的進攻？」劉嘯突然問道。

戴志強一愣，隨即搖頭道，「這沒法比的，世事無絕對，關鍵還是看人！」

劉嘯這下傻了，這話聽著有點熟啊，自己來F國之前，好像踏雪無痕也是這麼跟自己說的。劉嘯不禁盯著戴志強。

「怎麼了？」戴志強看著劉嘯。

「沒什麼，只是覺得你這話很有意思！」劉嘯笑說，「很有啟發！」

兩人當下轉移話題，談了一些圈內的八卦，又聊了聊雙方的合作，直到大會宣布開始。

蘭登果然是第一個上臺的。

「非常感謝世界資訊安全論壇能夠將此次緊急高峰會安排在F國舉行，也感謝諸位成員以及嘉賓的到來。本次高峰會由我開篇提出議題，感謝大會能給我這麼一個機會！前不久，F國發生一起重大網路安全事故，對方借用網路技術實施詐騙，致使國庫損失廿一億美金，這是F國有史以來最丟人的一件事，國府蒙羞，情報部和國防部的負責人也被解職。同時，這也是駭客史上涉案金額最大的一起詐騙案！此次大會的議題便在於此，我希望與會的所有人都能清楚認識到這種新型駭客手段所造成的危害，我們需要攜手共同打擊和遏制這種駭客手段的發展，維護世界資訊的安全！接下來，我為大家詳細說明一下此次事件的過程！」

蘭登從軟盟產品出事講起，因為操作失誤，導致網路事故，不查原由之下宣布退訂軟盟產品，改用國產資訊安全產品，最後莫名陷入網路危機，遭到多名駭客襲擊。

劉嘯有點鬱悶，蘭登這麼說，大大吹捧了軟盟一番，但同樣也讓軟盟陷入極大麻煩之中，至少會有很多人很自然地認為後面的網路危機和退訂軟盟產品有關，否則為什麼要把這兩件事一起說呢。

蘭登又把後來的事做了一遍說明。

「事件過程並不重要，關鍵是對方為了此次詐騙所做的一切！請看大螢幕！」蘭登指著大螢幕，「鮑比・麥金農在F國期間，全世界的搜索引擎都被人暗中操縱了，這是我們搜尋到的證據，是現在正常搜索引擎與當時被操縱引擎的不同結果截圖，大家請看一下對比！」

「嘩！」現場就有些騷亂，大螢幕上的畫面來回播放了好幾遍，大家都看得清清楚楚，這搜索引擎的結果完全不同，完全是有目的地提供偽造消息。

劉嘯也是大出意外，因為他搜索過鮑比·麥金農，當時他也很納悶，為什麼一個被國家寄予厚望的人，只會在搜索引擎上得出一個結果，現在他明白了，搜索引擎被控制了，而且還會根據搜索者來源的不同提供不同的消息。

「除了搜索引擎，Wind更是控制了我們情報部和國防部的所有網路通訊資料！」蘭登舉起一個大大的檔案夾，「這裏面的資料，是我們透過網路向英國方面調閱的，我們需要核實鮑比·麥金農的資料，這些來自於英國的情報全部都證實了鮑比·麥金農是一位安全方面的天才，戰績赫赫。事後我們才知道，英國向我們發出了正確的消息，可是到達我們手上時卻變成這些。兩國情報部門之間的通訊竟被一個網路流氓集團給監聽了，而且可以隨意修改我們之間的通訊資料！」

此話一出，會場那些來自各國網安網情部門的人立時變了色，他們有不少人是知道Wind的，但絕對想不到Wind會厲害到如此程度。

可蘭登的話還沒說完，「事後，鮑比・麥金農全身而退，他用鮑比・麥金農的名字出境，飛機降落英國後，他的名字就變成了諾里斯，隨後，他馬上擁有一個新的合法身分，帕爾默，他用這個名字離開英國，飛往德國。等我們去追查時，他在英國所擁有的三個合法身分資料全部被人刪除！」

會場頓時炸了鍋，所有人都明白這意味著什麼，他們能讓一個國家的耳目失聰，能夠隨意製造自己需要的身分，眾人剛開始還以為只涉及到F國，沒想到這一下又牽出英國、德國，現在才知道這簡直就是一個凌駕於所有政權和規則之上的恐怖組織啊。

劉嘯也是有些傻了，驚愕地搖頭，「這世界上，真的會有這麼厲害的人物存在？」

戴志強卻是一點也不意外，「這個世界總是會有Wind這樣的奇蹟存在，來告訴人們：世事無絕對！」

蘭登的話講完，不用多說，幾乎所有的與會者都形成了一個共識：Wind是世界資訊安全界的公敵，必須找到一個有效的辦法來遏制他們、剷除他們，只要Wind存在一天，這個世界上就沒有資訊安全這個概念。

「在座諸位都是資訊安全界的精英，在這裏我宣布！」蘭登看著會場，「只要有哪個安全機構願意合力追究Wind機構，Ｆ國將鼎力相助，除了資金資源上的支持外，Ｆ國關鍵網路的伺服器可以隨時來查，用自己的方法獲取關於Wind的一切線索。另外，Ｆ國今後將優先考慮網路安全設備方面的採購。我的發言完了！」

蘭登說完，逕自下臺，回到自己的位子上。

會場一片騷動，蘭登拋出的條件可真夠優厚的，願意用一個國家的網路資源和安全機構合作，足見Ｆ國的誠意，特別是最後的那個優先考慮，讓不少安全機構的人有些蠢蠢欲動。

英國的網安負責人此時也站了起來，道：「我也表個態，只要能剷除Wind，我們英國願意用同樣的條件和安全機構合作！」

隨後，德國、義大利等等十數個國家的網安負責人，也都表示了同樣態度。

會場內頓時有些沸騰，這對安全機構來說，可以說是一個千載難逢的好機會啊，只要答應追究Wind，便可以獲得多個國家的資金資源支援，而且還有商業上的優惠，這樣的好事，他們可是不願錯過的。

賽門鐵克的人首先站了起來，「Wind機構如此行徑，已經是一實實在在的網路大害，他的存在，不光是網安部門的恥辱，更是我們這些安全機構的恥辱，剷除網路大害，是我們義不容辭的職責。」

其他安全機構的人見賽門鐵克如此表示，自然也不願落後，紛紛表示願意和各國網安部門一起合力追捕Wind。一個個說的義憤填膺，感同身受，場面一時就有些熱血。

戴志強扭頭看了看劉嘯，「你也是安全機構的，為什麼不發表一下看法？」

劉嘯搖了搖頭，說：「我又不是世界資訊安全論壇的成員，他們今天讓我過來，只不過是旁聽，我不好發表什麼看法。」

「那軟盟是不準備參與這事了？」戴志強問道。

「OTE呢？」劉嘯反問，「OTE有沒有興趣參與？」

「OTE重在系統開發，安全業務不是我們的強項，這次的事，我們也不準備參與！」戴志強回答。

劉嘯點頭，「軟盟專注安全業務，就算沒有這次的大會，只要知道了這事，我們也會用心去做的，這本來就是我們安全人的分內職責，沒必要在這種場合拿來吵吵嚷嚷。」

戴志強一愣，聽劉嘯這話的意思，好像他是準備和這個Wind較量一番了，戴志強一搖頭，扭頭看著台前，不再說話。

劉嘯也是皺眉思索，他很納悶，難道大費周章把這些人聚在一塊，就是要大家表個態嗎？劉嘯搖頭，光表態有什麼用啊，關鍵還是得去做，而且還得看有沒有這個實力，雁留聲橫行網路數年，這麼多國家聯手都拿他沒辦法，現在讓這些安全機構集體表態，難道Wind就會怕了，從此銷聲匿跡嗎？

眾人表態完畢，賽門鐵克的負責人再次站起來說道：

「大家都願意追究Wind，這是好事。不過我們都是技術人，想要辦好事情，還需要實事求是。剛才蘭登將軍提供的資料大家都看到了，恕我直言，Wind技術實力之高，實在是出乎我的意料，捫心自問，我確實不知道Wind是用什麼方法控制了一個國家的網路。」

會場頓時有些冷清了下去，賽門鐵克負責人的話一語切中要害，有心是一回事，有力又是另外一回事，要消滅Wind，光有心是不行的，還得有足夠的技術實力啊。

「我不行，但我相信有人肯定行！所以，這事需要所有安全人群策群力才行，我在這裏提個建議。」賽門鐵克的負責人環視一圈會場，「我建議各安全機構選出各自水準最高的專家，然後組成一個專家團，摸清楚Wind的手法，然後才能對症下藥，制定出追捕Wind的方案！」

蘭登再次發言，「Wind的技術水準深不可測，如果單純依靠某一安全機構，想要抓住他們將會非常困難。賽門鐵克提出的這個方案非常好，我很讚賞，大家暢所欲言，看看還有什麼更好的辦法沒有？」

蘭登瞅了瞅角落裏的劉嘯，心裏不禁有些著急，就算所有的安全機構聯手對付Wind，在他看來，也比不上軟盟出手。他今天這繞來繞去一大通，就是想讓劉嘯表個態，可沒想到劉嘯坐在那裏穩如泰山，一點意思都沒有，這下蘭登可就沒辦法再繞了，站起來直接點名：

「劉先生，你也是安全界的權威，這事沒有你參與怕是不好。不知道你對這個方案有什麼看法，軟盟是什麼態度？」

一提軟盟，會場頓時安靜了下來，所有人都順著蘭登的眼光看了過去，軟盟不是世界資訊安全論壇的成員，所以大家也沒想到軟盟會來，自然也就沒有注意到角落裏的劉嘯。

蘭登這一點名，劉嘯倒是反應了過來，蘭登不會就是等自己表態吧！劉嘯終於明白了蘭登的意思，這傢伙是想挑撥自己去和Wind鬥，Wind和軟盟都跟F國有仇，兩虎相爭，不管最後誰輸誰贏，F國都是徹底的勝利者，他們這是借刀殺人、一箭雙雕，真是一條好計啊！

一旁的戴志強倒是有些樂了，低聲道：「看來你軟盟的仇人不少嘛！」

劉嘯無奈苦笑，拿起座椅前的麥克風，「正如大家所說，我們軟盟不是世界資訊安全論壇的成員機構，所以今天的事，我們不便發表態度，你們自己商議便是了！」劉嘯說完，便又坐了下去。

劉嘯這番輕描淡寫的態度，讓會場更亂了，有的說既然參加了會議，就應該要表個態，而有的人乾脆直接說要把劉嘯攆出去。

蘭登皺眉不已，心想這幫技術人的傾軋和鬥爭，一點都不比政府的權力鬥爭遜色，自己的一盤好棋，眼看就要被他們給毀了。

蘭登不得不再次說道：

「大會邀請軟盟，是受了我們F國情報部和國防部的共同委託。因為我們覺得，Wind是整個資訊安全界的公敵，這不僅僅是世界資訊安全論壇的事，要剷除Wind，就需要所有的安全人一起攜手。再說了，軟盟是世界資訊安全界的新貴，是全球最有實力的安全機構之一，如果沒有他們參與，我想世界資訊安全論壇將會不完整。」

蘭登公開支持劉嘯，令很多安全機構的人十分不爽，不過蘭登說的話句句有理，這些人一時也挑不出什麼刺來。

賽門鐵克的負責人到底是聰明，立刻就調轉方向，「蘭登將軍說的有道理，軟盟確實是全球最有實力的安全機構之一，既然如此，那軟盟就應該負起更多的安全責任才對。劉先生剛才那番置身事外的表態，實在是讓我寒心，軟盟空有大安全機構之名，卻沒有大安全機構之實。」

戴志強也是很納悶，低聲問著劉嘯，「既然你準備要和Wind較量，為什麼不表個態呢？」

劉嘯搖搖頭，反問：「表態了又如何？他們原本就看不起你，你表不表態的，他們都會挑出刺來！大家各做各的就是了，我們軟盟不屑和他們摻合，省得日後麻煩更多！」

「你小子有點意思！」戴志強豎起大拇指，這兩人倒是優哉，會場都一鍋粥了，兩人還能在眾人目光焦點之下談笑風生。

蘭登也納悶了，這劉嘯還真是個怪人，自己剛才已經把話說得那麼明白了，只要劉嘯表個態，那麼軟盟成為世界資訊安全論壇的成員機構，就會是順理成章的事。軟盟一直想為自己正名，成為名副其實的安全機構的NO.1，之前軟盟也曾提出過要加入世界資訊安全論壇卻被拒絕了，可眼前這麼好的一個機會，劉嘯為什麼又不為所動了呢。

看到劉嘯這樣，那幫人更來氣了，會場頓時吵得不像樣子。

戴志強無奈搖頭，「看來你不表個態是不行了！」

劉嘯有些生氣，抓起麥克風，再次站了起來，「我……」

劉嘯只說了一個「我」字，便站在了那裏，眼睛直直盯著前面的大螢幕，像是被人點了穴一樣。

會場的人都覺得詫異，一些反應快的人，順著劉嘯的目光轉身，一轉身，這些人也傻了。

會場前面的大螢幕，剛才還在反覆播放蘭登提供的那些資料，現在卻出現了一份長長的目錄名單，排在第一的，便是關於F國的，叫做「沃利斯上將退隱的真正原因」；排在第二的，則是關於軟盟，叫做「軟盟的大品牌戰略計畫」。

後面還有很多，英國、德國、賽門鐵克……，凡是今天參加會議的全都有份，而且目錄上提到的都是各家的機密所在，會場所有的人都一時傻在了那裏，不知道這是怎麼回事！

蘭登第一個反應過來，立刻大喊：「韋伯，立刻派人全面檢查會場所有的電腦；通知外面的人開啟無線電追蹤，搜索附近所有可疑的無線發射源。」

聲音一落，會場的大門就被人推開，呼啦啦進來十來個穿著網安制服的人，手裏提著筆電，以及各式檢測工具，直奔會議台前的那台電腦。

眾人這才反應過來，是會場的電腦被人駭了，所有人無不駭然變色。

會場又衝進來一個士兵，快速跑到蘭登面前，「報告，沒有發現任何可疑無線信號！」

「擴大搜索範圍，繼續搜索！」蘭登有些惱怒，自己就怕會出事，早早安排好了一切，可還是在所有人的眼皮底下讓Wind得逞了。他們到底是什麼人，這還是人嗎？

除了前面忙碌的那十來個網安專家，時不時會發出敲擊鍵盤的聲音，整個會場便悄無聲息了。

「完了！」戴志強搖頭，「Wind這是在示威，也是在威脅，誰要是敢冒個對付Wind的念頭，我看他就敢滅了誰！」

劉嘯沒點頭，也沒搖頭，他是在琢磨，那台電腦到底是怎麼被駭的呢！不可能啊，萬事總有個根本，現在連根本的東西都被推翻了，難道這Wind的人還是外星人不成？想了想，劉嘯認為只有一種可能，那就是那台電腦事先就被Wind的人做了手腳。

韋伯帶著網安專家一通忙，最後來到蘭登跟前，搖頭道：「沒有發現任何入侵蹤跡！而且這台電腦是全新的，昨天晚上我們親自做好並派人看管，今天直接運到會場，中間沒任何人接手，也不可能被事先植入機關程式！」

韋伯這話，讓會場的人全都倒吸了一口涼氣，所有合理的解釋此時全被推翻了！

會議出現這樣的變故，只好暫時休會，那台電腦，F國的網安也沒搬走，就留在了那裏。安全機構的人不死心，挨個派出最好的專家，到那台電腦上去做檢測，希望能找出一點線索來。

一連三天，緊急高峰會一點實質性的東西都沒弄出來，那些檢查過了那台電腦的安全機構和政府網安部門，一改第一天時的堅決，在談到追蹤Wind

的事時，突然變得異常謹慎，誰也不再挑這個頭，就是賽門鐵克的那個負責人，也不再說什麼追究Wind的話了。

軟盟不是世界資訊安全論壇的成員，所以劉嘯被排在最後一個上臺去檢測那台電腦。

劉嘯在那台電腦上檢查了一遍，和別人一樣，毫無所獲，他把系統的所有日誌往自己的隨身碟上拷貝了一份，準備回去後再細細研究。

「我說兩句吧！」劉嘯突然開了口。

蘭登正在頭疼，一看劉嘯這麼說，頓時有些驚喜，急忙問道：「劉先生發現什麼線索了？」

他這一問，頓時把所有人目光都吸引了過來，所有人都很詫異，難道這個軟盟真有什麼過人之處，發現了Wind的蹤跡嗎！

劉嘯搖搖頭，「毫無所獲！」

蘭登一聲嘆氣，不過其他人卻是長長送了一口氣，軟盟也不過如此嘛。

「之前大家一直想讓軟盟表態，我覺得追究Wind，有你們這些大機構就夠了，根本不需要軟盟插手！」劉嘯突然嗤了口氣，「現在看來，大家似乎都有些害怕Wind的報復，那此事就由軟盟來做吧！」

劉嘯說完，裝好隨身碟，朝眾人一欠身，便朝會場大門去了！

會場頓時一片啞然，這些人一個個對劉嘯是怒目相向，但還真的沒一個人敢站出來說追究Wind的話。

「劉先生……」劉嘯快到門口時，蘭登突然站了起來。

「還有你！」劉嘯一聽蘭登的聲音就氣不打一處來，沒等蘭登說話，就回身罵道：「F國的網路危機因何而起，又因為什麼變成今天的局面，你很清楚。現在你接掌情報部，不思亡羊補牢，挽回困局，也不在提升F國的網路安全措施方面下工夫，反而重新撿起沃利斯的老路。你召開這次高峰會邀我過來，你安的什麼心，別以為我不知道，我只是不願意戳穿你的把戲罷了！」劉嘯盯著蘭登，「告訴你，我們軟盟不是你們任何人的棋子，也由不得你們來擺佈，應該我們做的事，我們自然會去做，不該我們做的事，怎樣挑撥逼迫也無濟於事。Wind不好惹，但我們軟盟同樣也不是好惹的！」

蘭登的後背頓時滲出一層冷汗，自己的如意算盤打得很好，可這兩家也沒有一個是省油的燈！如果軟盟和Wind反過來同時對付F國，那F國必將是萬劫不復啊！

劉嘯走到會場門口，「台前的那台電腦，原封不動運到海城，告辭！」

說完，劉嘯離場而去。會場內寂靜無聲，好半天也沒有一個人說話。

第四章　品牌戰略

「大品牌戰略只是一個發展方向，算不上什麼機密，我們的真正機密，是那些技術核心，而且我們堂堂正正，沒有陰謀詭計，沒有噱頭，怕什麼！」劉嘯呵呵笑著。

「這倒也是！」業務主管鎖著眉，「那咱們該怎麼辦？」

劉嘯走出會場大門，出了安檢口，拿回自己的東西，剛要走，迎面就碰上了戴志強。

「怎麼就你一個人出來了？」戴志強往劉嘯身後看看，「會議結束了？什麼結果啊？」

「這兩天怎麼沒見你過來？」劉嘯勉強擠出笑容。

「公司事情多，我估摸著今天大概能商談出個結果，所以就過來看看！」戴志強笑著。

「結果？」劉嘯嗤了口氣，「他們都不敢去追究Wind了，我軟盟獨力去追究Wind，這就是結果！」

「啊？」戴志強有些吃驚，跟在了劉嘯身後，追問道：「不會吧，難道他們集體逼迫你了？」

「笑話！我又不是他們的成員機構，他們憑什麼能逼迫得了我？」劉嘯大笑，「是我自己說要去追究Wind的！」

戴志強聽完皺眉，微一沉思，便大笑道：「怪不得文清說你小子是個奇才，果然是個奇才啊！」說完，朝劉嘯豎起大拇指，「他們都要去追究Wind的時候，你不表態，不幹那錦上添花的沒力氣事，等他們都不敢去追究Wind

了，你才宣布表態，扛起了業界的責任和道義。高！實在是高！就憑這一下，軟盟已經成為名副其實的業界NO.1，當之無愧的行業領導者啊！」

「業界領導者從來都是由實力和市場份額說了算，說大話唬人能成NO.1，那滿大街都是NO.1了！」劉嘯笑說，「我準備回國了，你有什麼話要我捎給文清大哥嗎？」

「沒有！」戴志強笑著搖頭，「我可能沒法送你了，祝你一路平安！」

「好，謝謝！」劉嘯和戴志強一握手，「那我就告辭了，日後有機會再聚吧！」

戴志強看劉嘯走遠，又回頭看了看會場，隨後搖搖頭，輕笑著鑽進自己的車裏，也離開了。

劉嘯回到海城，剛進公司，業務主管就跑了過來，「劉總，你回來了，我正要跟你說事呢！」

「什麼事？」劉嘯往自己辦公室走著，「到裏面坐下說！」

「我們的那個大品牌戰略計畫被人曝光了啊，現在到處都在傳！」業務主管皺眉納悶，「只有咱們幾個人開會議過，我正在查是哪裡出了漏子！」

「不用查了！」劉嘯笑著擺手，「進來再說，我知道是誰做的！」

業務主管大感意外，心想這劉嘯真是神了，出國了也能目光如炬，洞察一切。

劉嘯把F國之行的經過跟業務主管簡單說了一遍，業務主管一聽，從沙發上跳了起來。

「欺人太甚！這幫傢伙，他們不敢去惹Wind也就罷了，我們去做，他們還嘰嘰歪歪，遲早把他們全都收拾了，一幫惟利是圖的敗類！我早告訴你會無好會，明擺著就是個鴻門宴，說不讓你去，你還非要去，怎麼樣，讓我說著了吧！」業務主管氣得在屋子裏打轉，「那現在怎麼辦，真要去對付Wind？要真是他們洩露了我們的下一步計畫，那這個Wind還真不好對付啊，他們怎麼會知道我們的機密？」

「這個計畫算不得什麼隱秘！」劉嘯笑著，「他這一宣傳，倒省了我們的事，我們的大品牌戰略，還得著落在Wind的身上！」

「呃？」業務主管有些不明白，他已經習慣了劉嘯一貫的「無中生有，有中出新」，可即便如此，要是劉嘯不點破，他還是猜不出來。

「大品牌戰略只是一個發展方向，算不上什麼機密，我們的真正機密，是那些技術核心，而且我們這個大品牌戰略行得堂堂正正，沒有陰謀詭計，沒有噱頭，怕什麼！」劉嘯呵呵笑著。

「這倒也是！」業務主管鎖著眉，「那咱們該怎麼辦？」

「對內，我們要看淡這事，明白這事不會對我們造成什麼損失和衝擊；但對外，我們卻要非常重視，讓所有人都認為這個大品牌戰略是我們軟盟的頭號機密，重中之重！」劉嘯看著業務主管，「明白嗎？」

業務主管點頭，大笑，「明白明白，這樣就會有人關注這事，炒作這事！」

「等這事炒大了，你就把為什麼會有人洩露我們機密的事，原原本本捅出去！」劉嘯說這話的時候，眼裏又是露出一絲殺機，看來他是徹底要和那些老牌安全機構翻臉了，追究Wind，是軟盟一個機構做的，軟盟沒必要給別人增光添彩，粉飾太平。

「這不妥吧！」業務主管有些擔心，「那幫敗類雖說可惡，但能力不能小視，我們要是把底捅出去，自然是抬高了我們，可保不齊那些傢伙會聯手對付我們！」

「安全機構，實力為上，怕他們做什麼！」劉嘯看著業務主管，「我們的品牌文化裏，必須要有道義和責任這個詞，這次就是個機會！再說了，我諒他們也不敢出來說什麼，就算他們否認了我們所說的事，但也絕不敢向Wind宣戰，只要他們不向Wind宣戰，時間一久，大家就明白是怎麼回事了，你抓住這一點就行了！」

「行，我知道了！」業務主管點頭，「那我知道怎麼辦了，我現在就去安排！」

業務主管剛走，前臺美眉推門進來，「劉總，外面來了幾個人，說是F國領事館的，送來一個大箱子！」前臺美眉也是一臉詫異，不明白F國領事館能跟軟盟有什麼關係，還送東西來。

「好，知道了！我這就去！」劉嘯嘆了口氣，自己才剛坐下，又得起來了。

走到公司門口，便看見幾個老外站在那裏，腳下放著個大箱子。

「我就是劉嘯，不知道你們找我什麼事？」劉嘯看著那幾個老外。

其中一人站了出來，「這是剛從我們國內運來的，大使囑咐我們，一定要親自交到劉先生手裏！」

劉嘯瞄了一眼，大概知道裏面是什麼了，應該是那台會場被駭的電腦，於是轉身吩咐前臺美眉，「你叫幾個人來，把這箱子抬到實驗室去，然後通知商總監，讓她選幾個公司的技術高手，一會兒在實驗室等我！」

前臺美眉一走，劉嘯又道：「幾位辛苦了，到裏面坐下喝口茶！」

「不用了，劉先生！」那人又從口袋裏掏出一封信來，「這裏還有一封信，也是要轉交到你手裏的！」

「多謝！」劉嘯把那信接了過來。

「我們的任務算是完成了，領事館還有其他的事，就先告辭了！」那老外客氣了兩句，便領著自己的人走了。

劉嘯撕開信封，信是蘭登寫的。

蘭登在信裏寫道，劉嘯在會場的一番話，令他愕然夢醒，F國確實應該在提升自己網路的安全措施上多下工夫，信中雖然沒有提到雙方之前的恩怨，但卻說F國情報部願意和軟盟重修於好，希望軟盟能夠對於F國的網路安全建設提供幫助，如果可能的話，期望雙方能有合作的機會。

「哼！」劉嘯冷哼一聲，對信的內容不置可否，便收好信，直奔實驗室而去。

商越和幾個高手已經等在了實驗室，圍著那箱子在猜測呢。

「你讓我召集人手，是不是有什麼事！」商越問道。

劉嘯看著另外幾個人，「麻煩你們幾個先把箱子拆開，把裏面的電腦架設好！」

「這裏面是電腦？」商越一愣，「上面居然還有F國情報部的封條和印戳，你不會真從他們情報部弄了一台伺服器來吧？」

劉嘯笑著搖頭，「不是他們情報部的，這裏面是一台被Wind入侵的電腦。這次的世界資訊安全論壇高峰會上，當著所有人的面，莫名其妙就被駭了，事後所有安全機構的高手都沒查出來Wind是怎麼入侵的。」

「Wind真有那麼厲害？」商越問道。

劉嘯點頭，嘆道：「是啊，我也想不出他們是怎麼入侵的，這台電腦當時並沒有接入網路，會場還遮罩了所有無線信號，換了是我，絕對束手無策，可Wind卻把它入侵了！」

「事先植入了機關程式？」商越又問道。

「不會，這電腦是全新的，在情報部和網安部的專家嚴密監視下被運送會場，沒有植入的可能！」劉嘯皺眉道。

說話的工夫，那台電腦已經被掏了出來。

商越過去打開機箱蓋子，往裏瞅了一眼，道：「纖塵不染，果然是全新的！」說完，仔細查看著裏面的零件，突然，她把手伸到裏面，笑道：「這裏居然還有隻死蚊子！F國的蚊子可比海城的小多了！」

商越用手指一按，把蚊子的屍體撈了出來。

「你倒是看得仔細！」劉嘯笑道：「趕緊把電腦架好，大家一起分析一下，看能不能找出對方入侵的痕跡來！」

「劉總！」劉嘯剛說完，實驗室的門被推開，前臺美眉伸進個腦袋，「有人找你！」

劉嘯一回頭，看見方國坤就站在前臺美眉的背後，不由詫異萬分。這方國坤的消息真是靈通，自己前腳進門，他後腳便到，劉嘯以為方國坤是來問F國被詐廿一億的內幕，「方大哥，走，辦公室談，這裏有點亂！」

「不了！」方國坤看著劉嘯，「你出來，我有幾句話要跟你說！」

方國坤把劉嘯拉到一處僻靜角落，附在劉嘯耳邊不知道說了些什麼。就見劉嘯回到實驗室的時候，有些不高興，道：「電腦不用架設了，原樣裝進箱子！」

眾人納悶，不知道劉嘯這是要幹什麼，不過還是按照劉嘯的吩咐，又把電腦裝進了箱子封好。

「好了！搬走吧！」劉嘯喊了一聲，就見外面走進兩個人，彎身小心搬起箱子，便出了實驗室的門。

「劉嘯，多謝你的配合！」方國坤此時走了進來，「正事要緊，我就先告辭了，如果有了結果，我會第一時間通知你的！」

劉嘯回到自己辦公室剛坐下，商越就跟了進來。

劉嘯強打起精神，「商越，有事？」

商越走到劉嘯辦公桌跟前，把自己的手伸了出來，道：「你看看這是什麼東西？」

「什麼？」劉嘯往商越的手裏瞥了一眼，卻什麼也沒看到，於是納悶道：「看手相嗎？你不要逗我了！」

「仔細看！」商越把手往劉嘯眼前又伸了一截，「在手心裏！」

「還是什麼也沒有啊……」劉嘯剛說完，突然發現商越手心裏還真有東西，一個小黑點，劉嘯湊近了一看：「這是什麼，F國的蚊子嗎？你把這東西拿過來幹什麼，快扔了吧！」劉嘯說完，把桌上的菸灰缸遞了過去。

「這不像是蚊子！」商越急了，「你仔細看看！」

「不是蚊子是什麼？」劉嘯一臉笑意，但看商越那麼認真，便伸手把那蚊子捏了過來，一入手，劉嘯便發現有些不對，這蚊子似乎還有些分量，拿手指一搓，蚊子非但沒有散架，反而還挺有質感的。

劉嘯把蚊子湊到眼前仔細看了起來，發現這東西和真的蚊子沒什麼兩樣，可質地卻明顯不是蚊子，劉嘯此時腦子裏突然冒出一個詞，這該不會是傳說中的「變異蚊子」吧！

劉嘯小心翼翼把那蚊子放在一張白紙上，然後拉開抽屜，翻出一個放大鏡來。用放大鏡瞅了半天，沒發現什麼不對勁的地方，劉嘯糊塗了，把放大鏡遞給商越。

商越接過放大鏡，「這蚊子的吸管比鋼針還要硬實，剛才在實驗室，我用手指按了它一下，才發現這蚊子的吸管居然扎到我的皮膚裏！」商越拿著放大鏡仔細打量著蚊子的吸管處，「你看看，這吸管的顏色不對，明顯是金屬才有的光澤！」

「我看看！」劉嘯又接過放大鏡，專門盯著蚊子的吸管處看了半天，顏色確實有些不對，劉嘯拿出指甲刀，在蚊子的吸管處使勁絞了絞，結果那細如毫髮的吸管居然絲毫無傷，劉嘯頓時顏色大變，這是個什麼怪物？

「奇怪！」劉嘯放下放大鏡，盯著那蚊子發愣，「這到底是什麼東西，怎麼會出現在那台電腦的箱子裏呢？」

正如業務主管的總結：「無中生有，有中出新」，這一瞬間，劉嘯就把蚊子和電腦被駭聯繫到了一塊。如果這蚊子是人造的，裏面裝有各種電子元件，可攜帶命令侵入電腦。只是劉嘯想不通，這東西有可能存在嗎？這只是科幻電影裏才有的故事啊！

「難道真的進入納米科技時代了？」劉嘯反問自己

劉嘯看著那隻蚊子發愁，最後嘆了口氣，「還是找個專家來看看吧！」

劉嘯從抽屜裏翻出一個玻璃瓶，將那隻「蚊子」小心裝進去，暫時鎖在了最下面的抽屜裏。

蘭登已經搬到了之前負責人的辦公室裏開始辦公，大大的辦公桌上此時擺滿了各種資料，全都是關於劉嘯的。

蘭登和劉嘯接觸過之後，才發現自己根本就沒有弄懂這個人，這人實在是太難以捉摸了，只好把劉嘯的資料又全部翻了出來，他得對劉嘯做一個全新的認識。

看完資料之後，蘭登還是無法想通其中的道理，他只好把一切都歸咎於一點：「劉嘯是一位真正的安全人！」

蘭登終於明白自己為什麼之前老是摸不準劉嘯的脈了，是因為自己在考慮事情的時候，先入為主地對劉嘯做了一個定性，自己只把劉嘯當作一個超級駭客，當作一個破壞者來看待，而忘記了劉嘯還有另外一個身分，他還是一個徹徹底底的安全人士。

「啪！」蘭登一拳砸在桌上，要是自己早點想透這點，或許根本就不會有這場網路危機，或許就不會發生這次奇恥大辱的詐騙，自己也就用不著費勁心思搞這場高峰會了。

「報告！」此時門外傳來報告聲。

蘭登只好平靜了一下心情，然後道：「進來！」

門被推開，進來一位通信兵，「將軍，網安部的韋伯上校，還有國防部的專員已經來了，他們想和你談談解決網路安全危機的事情！」

「好，我知道了！」蘭登揮手斥退通信兵，便起身整了整衣服，然後戴上將軍帽，出門去了。

走進會議室，韋伯和一個國防部的專員已經等在了那裏。

「兩位久等了！」蘭登客氣了一句，便也坐了下去。

韋伯清了清嗓子，「蘭登將軍，我們今天來，主要是兩件事，第一，匯總一下三方的資訊，核實調查Wind機構的進展情況，看看追回廿一億是否還有希望；第二，由我們三方商量出一個切實可行的方案，防止網路安全危機進一步惡化。」

蘭登微微頷首，「我們情報部這邊暫時還沒有新的進展，Wind機構神出鬼沒，抓不到一絲線索，想追回那廿一億，似乎有些渺茫！不知你們兩邊有沒有什麼新的發現？」

韋伯和國防部專員一聽，均是皺眉搖頭，看來他們同樣也沒有什麼進展。

蘭登嘆了口氣，「那咱們就開始討論第二個問題吧，先說說你們的意見！」

國防部的專員掃視一下其他兩位，道：「國防部的意見還和以前一樣，首先，儘快聘請一位經驗豐富的安全專家來擔綱坐鎮，穩定目前的網路安全局勢；其次，為了避免之前的詐騙事件再次重演，此次的安全方案，必須要以我們國內自有的安全產品為依託。」

韋伯皺著眉，似乎有些不贊同，道：「我覺得這個方案不太可行，第一，尋找和篩選專家的過程非常繁瑣，而且耗時，我們現在需要的是一個緊急措施，已經等不得把這個專家找出來了；第二，一步不慎，就很有可能再次引狼入室，Wind的手段大家也都見識到了，防不勝防，很難保證他們不會第二次向我們下套；第三，國內的安全產品，技術標準已經遠遠落後於世界標準，這也是此次國內爆發網路安全危機的最根本原因，我們要是去採購這些產品，那花出去的錢，跟被Wind詐去並沒有什麼兩樣，絲毫都不能提高我們的網路安全性能！」

國防部的專員被韋伯這麼一頂，有些懲氣，好在他還能保持住冷靜，不至於氣急敗壞，於是道：「那依你們網路安全部，應該怎麼辦？」

韋伯頓時語塞，因為他並沒有什麼確實的打算，網路安全部雖說是獨立部門，但卻是受情報部和國防部轄制，沒有什麼獨立的權力，就算他提出什麼方案，也得由國防部通過才能成行，所以韋伯都懶得提出自己的打算了。

蘭登咳了一聲，「那我說一下我的意見吧！」

那兩人停下了對峙，都看向蘭登，看他有什麼好的對策。

「我的考慮，咱們還應該去購買軟盟的策略級產品！」蘭登一字一句說得非常清楚。

「不行！」國防部的專員立時反對，「國外的安全產品一概不能採用，我們不能上兩次同樣的當！」

「這是我們目前最明智的選擇！」蘭登盯著專員，一點也不肯讓步，「前兩天高峰會上的事情，你們也都看得清清楚楚了，在見識了Wind的手段後，所有的安全機構都閉口無言，他們不敢去追究Wind，甚至提都不敢提。試問，買來這些機構的安全產品，你們誰敢放心地使用？」

國防部專員一聽立即閉嘴了，作為安全機構，在碰到安全威脅的時候，竟然如鴕鳥一般，裝作沒有看見沒有聽見，掩耳盜鈴到如此程度，誰還敢買他們的產品啊。

「只有軟盟公開表示要去追究Wind，不管他們是出於何種打算，但我們要支持的話，也必須支持這種有道義和責任感的安全機構。」蘭登頓了頓，「我們情報部對劉嘯和軟盟做過深入的研究，劉嘯這個人從來不會強出風頭，他既然敢說追究Wind的話，那自然就會有一些手段和技術。我們可以不熟悉軟盟的產品有何優劣，但我們很清楚Wind有多厲害，如果軟盟真的能跟Wind在技術上不相上下，那我們為什麼不用他們的產品？」

韋伯和專員都不說話，凝眉思索著蘭登的話。

「這只是其一！」蘭登看著那兩人，「其二，我對所有採購和裝配了策略級產品的國家進行了後續的跟蹤和分析，這裏有一個資料對比，你們看一看！」蘭登從自己的檔案夾裏抽出一份圖示，向兩人遞了過去。

「不管是規模，還是之前的安全水準，G國的網路和我們F國的情況非常相似。在他們大量配置軟盟的策略級產品之後，他們關鍵網路的駭客襲擊事件，比之前下降了九成。僅此一項，他們每年可以節省用於網路安全的開支高達七十多億，而他們採購策略級產品只用了二十多億。還有，在裝配策略級產品之後的一個月內，他們關鍵網路內未發生任何一起間諜竊密事件，而在以前，每月大大小小的竊密事件，不小於兩百起！」蘭登嘆了口氣，「而我們卻恰恰相反，駭客襲擊、間諜竊密事件，比平常多出一倍不止。過去的一個月，我們在網路安全方面的開支，就已經達到了去年總費用的一半還要多！」

蘭登看著那專員，「從安全性能上講，策略級產品也是全球安全市場內最安全的一款。軟盟在推廣策略級產品伊始，便制定了高端路線，他們的產品只銷售給政府關鍵網路、電信營運商這樣的大客戶，由此產品便不會輕易流落到普通用戶手中，那些民間駭客很難接觸到高端的策略級產品，這樣就保證了一段時間內，策略級產品不會被人找出漏洞。」

蘭登說到這裏，便停了下來，拿起杯子喝水，他得讓那兩人有時間來思索，來消化自己剛才的觀點。

看看差不多了，蘭登繼續說道：「記得前年，我們F國是歐盟輪值主席國時，便提出要將網路襲擊納入戰爭範疇，要立法，可時間過去了兩年，我們還在為自己的後院起火發愁。再看G國，他們之前在這個問題上踟躕不前，猶豫不決，但自從裝配了策略級產品之後，他們反而成了這項決意的鐵桿支持者和推動者。同樣的表現，還有愛沙尼亞和俄羅斯，他們也是鐵心立法來打擊網路戰爭，他們的信心和底氣在哪裡？」蘭登「啪」一聲放下杯子，「正是軟盟的策略級產品，才給了他們如此大的底氣！」

韋伯終於吭聲了：「那……，我聽說F・SK將策略級產品的售價抬高了三倍？」

「是！」蘭登笑說。

「那我們現在購買他們的產品，豈不是很吃虧嗎？」韋伯問。

「我們肯定要吃一些虧，但不會很大！」蘭登看著韋伯，「F．SK私自將產品價格提高三倍，等於是在故意提高策略級產品推廣的門檻，這和軟盟的利益不符，軟盟是不會坐視不管的！」

「我不太理解！」韋伯沒聽懂。

「我也是今天重新研究劉嘯這個人的時候，才想清楚了之前的一些問題！」蘭登所指的，就是華維那奇怪的百分之五，這百分之五產品當時出現的時機實在是過於蹊蹺，蘭登之前有所懷疑，但始終想不通，但是現在他明白了，那就是軟盟制裁F．SK的手段。

「如果能夠達成共識，決定購買策略級產品，我們只需從F．SK購買其中的一小部分就可以，其他的產品，自然會有人提供，而且價格比標準價格還要低！」

「既然蘭登將軍如此說，那我把你的意思帶回國防部研究一下！」專員知道韋伯已經同意了蘭登的方案，三方有兩方同意，他也不好再反對，「這份圖表，我也一併拿回去了！」

「好！」蘭登很痛快地點頭，但也不忘囑咐道，「不過這事必須要儘快做出決斷，我們的網路已經不堪重負了！」

下班的時候，劉嘯從抽屜裏把那玻璃瓶拿出來，裝進口袋裏，然後下樓回家。剛到樓下，一輛亮晶晶的車子一下橫在了劉嘯身前，把劉嘯嚇了一大跳，抬頭去看，卻見那車上蹦下一非洲大漢，「嘩啦」一下拉開車門，就露出了錢萬能那圓嘟嘟的臉。

「劉嘯，來，上車！」錢萬能朝劉嘯招著手。

劉嘯有些意外，隨即大喜，鑽進了車裏，「老錢，你什麼時候來的海城，怎麼不告訴我一聲！」

「給你小子一個意外驚喜！」錢萬能笑說，然後吩咐司機開車，「我給小花運了一船貨，順便來海城看看你，也送你一份禮物！」

「什麼禮物？」劉嘯大笑，「你我之間不必這麼客套，還帶禮物，真是的！」

「這個禮物不同！」錢萬能笑起來眼睛就只剩下了一條縫，「F國被詐廿一億的事，你都知道了吧？」

劉嘯點點頭，不知道這和禮物有什麼關係，「我今天剛從F國回來！」

「這是你的那一份！」錢萬能從口袋裏掏出一張卡，還有一份檔案，「四億！」

「什麼四億？」劉嘯說完，便覺得不對，驚道：「這裏面怎麼還有我的份啊！」

「嘿嘿嘿！」錢萬能一陣陰笑，「那狗日的沃利斯老賊，我早就看不慣他了，沒想他還敢派人綁架你，我一生氣，就請Wind幫我教訓了一下那老賊。一共獲利廿一億，Wind拿走十一億，分給我十億，去掉成本，還剩下八億，你我一人一半！」

劉嘯頓時瞪大了眼睛，他知道Wind是受人雇傭去詐了一把F國，但沒想到那個雇主就是錢萬能。

「你小子愣什麼！」錢萬能把卡和檔案往劉嘯懷裏一塞，「收好了！」隨即大笑說：「沃利斯這老賊終於倒臺了，我心裏一高興，就跑來海城，今天晚上和我好好喝一杯！」

劉嘯回過神來，把卡和檔案又塞給了錢萬能，「這錢我不能要！」

「為什麼？」錢萬能大愕，「為什麼不能拿？」

「老錢你幫我出氣，我劉嘯很感激！」劉嘯看著錢萬能，嘆了口氣，

「但這錢我不能要，因為我是一個安全人！如果我拿了這錢，我以後說話會心虛，甚至去牢房看吳非凡時，也會直不起腰，挺不起身桿！」

錢萬能沒想到劉嘯會這麼說，想了片刻，道：「你小子就是太認真了。也罷，我知道你小子心高，將來還要幹大事，不要就不要吧！」錢萬能也不為難劉嘯，「你這錢我就看著辦了，我要是幫你捐了，你可不要心疼！」

劉嘯笑著搖頭，「你處理就是了。就為沃利斯這傢伙下臺，咱們也得慶賀一下，我知道一家餐館很不錯，咱們就去那裏喝幾杯！」

「好，你說了算！」錢萬能拍著肚皮，「好久沒這麼高興了！」

劉嘯給那司機指了路，突然又想起一件事來，「你能請到Wind，那你肯定知道Wind的聯繫方式吧？」

「那是自然！」錢萬能看著劉嘯，「你想聯繫他們？」

「是！」劉嘯咬了咬牙，「我們的企業機密被他們給曝光了，要找他們理論理論！」

「哦？」錢萬能大大意外，「怎麼會有這種事！」

錢萬能沉思片刻，道：「我看這事就算了吧，你可能不太瞭解這個Wind，以軟盟目前的實力，根本就不是他們的對手！」

「你只要告訴我他們的聯繫方式就行！」劉嘯笑說，「不會有事的，我有主意！」

錢萬能皺起了眉頭，想了很久，才道：「好吧，等一會兒到了飯店，我告訴你！」

兩人很快到了一家飯店，訂了一間僻靜的包房，等服務員離開，錢萬能這才道：「那Wind機構在網上有一個電子公告板，每隔一周，便會發佈一批販賣資料的目錄。這個電子公告板的網址很少有人知道，只有各國情報部的高級負責人才會知道，而且任何搜索引擎都搜索不出這個公告板，Wind給每個知道的人派發一個帳號和密碼，只有憑帳號和密碼才能看到公告板的內容，如果有人對其中的某個資料感興趣，就可以去拍下來，Wind隨後會把資料送過來！」

「那沒有帳號和密碼，豈不是就聯繫不到他們？」劉嘯問道。

「我剛才說的，是普通的辦法！」錢萬能還是有些疑慮，似乎是不想讓劉嘯和Wind去聯繫，「但他們和我聯繫，是另外一套辦法！」

「那你快說！」劉嘯問道。

錢萬能想了好半天，最後一咬牙，「大概是從一年半前開始，Wind主動聯繫到我，他們要從我這裏訂一些奇奇怪怪的東西，全世界也只有我們錢家才能找來這些東西，後來訂的次數多了，我們之間就建立了長期的合作關係，有了固定的聯繫方式！」

「奇怪的東西？」劉嘯一聽這話，趕緊從口袋裏翻出那個玻璃瓶，「你看看，這是個什麼東西！」

劉嘯把瓶子裏的蚊子倒了出來，「外型看起來是蚊子，但質地堅韌無比，蚊子腿比汗毛還細，我用指甲刀都切不斷！」劉嘯又從口袋裏掏出放大鏡，遞給了錢萬能。

錢萬能一聽，趕緊拿起放大鏡，盯著蚊子看了半天，然後一臉沉思狀，坐在那裏發愣。

「老錢！」劉嘯看錢萬能半天沒動靜，有些著急，「這到底是什麼東西？」

錢萬能搖著頭，一臉不可思議，「這東西，你哪裡得到的？」

「你先說這是什麼東西吧！」劉嘯也想知道答案。

「這不是蚊子，外面的這一層是一種仿生材料，我見過這種材料，全世界只有美國一家生物研究機構才生產得出這種東西，但還從未用在任何用途上。你再看這裏，被你用指甲刀絞過的地方，斷口處有金屬光澤，證明裏面內有乾坤！這種金屬，應該是納米合成金屬，比金剛石還要堅硬，但比牛皮還有韌性，你的指甲刀當然不可能絞動它！據說澳大利亞的一家研究機構，在納米金屬的研究領域很有建樹！」錢萬能搖頭，「奇怪，你怎麼會有這種東西？」

「你以前見過這東西？」劉嘯問道。

「見過，只是要比這大多了！」錢萬能又盯著蚊子看了看，「是去年在日本一家微型機器人研究所看到的，沒有具體的功能，只是能動彈罷了，受電源限制，大概一次只能飛出去十米左右！這東西這麼小，能飛嗎？」

「我也不知道！」劉嘯笑說：「我看到它的時候，已經不能動彈了。既然你認識，那這東西就給你了，你看看這東西到底是做什麼用的！」

「也好！」錢萬能把那蚊子重新裝進玻璃瓶，「我找人來研究一下，有了結果就告訴你！」

「好！那咱繼續說正題，Wind的聯繫方式！」劉嘯呵呵笑說。

第五章　大蜘蛛系統

「大蜘蛛」就是那套用於俄羅斯軍方和政府的反病毒系統的名字，這套系統為俄羅斯服役了有十五年，所以之前有很多人都曾提過，說這套系統過於老舊，需要裁汰，可俄羅斯人卻雷打不動，硬是將這套系統用了十五年。

劉嘯第二天早上到公司，一進門，就發現有個老外站在那裏，正是那個斯捷科公司在中國的負責人，他正站在那裏打量著軟盟的員工區。

「你好！」劉嘯走過去。

老外聽見聲音，趕緊回頭，「劉先生，你好！」

「不好意思，讓你久等了！」劉嘯一抬手，「來，有事到辦公室談吧！」

「不坐了！」那老外笑說，從公事包抽出一疊檔案。「我今天來，只是受人所托，來向劉先生介紹一樁生意，所有的相關文件都在這裏了，劉先生可以先過目，我過兩天再來！」

老外把文件遞到劉嘯手裏，便微微欠身，「那我就不打擾劉先生，先告辭了！」

劉嘯看著那老外來去匆匆，不禁有些納悶，等把他送進電梯，才把注意力投向手裏的文件。

只看了個標題，劉嘯便來了興趣，迅速回到自己的辦公室。

這份文件是影本，不是原件，但裏面的內容卻和軟盟有極大的關係。俄羅斯準備在半年後淘汰之前曾使用了長達十多年的軍用、政府用反病毒系統，這份文件便是俄羅斯軍方和政府的一份會議記錄，雙方對於此事已經達成了統一的認識，他們將在半年之內，尋覓更好的反病毒系統來替代目前的產品。

劉嘯放下這份文件，有點疑惑，斯捷科為什麼會把這份文件給自己呢，難道說，他們想撮合軟盟去接下這筆生意？

劉嘯覺得只有這種解釋，斯捷科有著很深的政府背景，他們完全可以充當俄羅斯政府的探路石子，來替他們的政府尋覓能做這項工作的最合適人選。俄羅斯政府的探路石子不可能只有斯捷科一個，他們會有好多個代言人來做這件事，但斯捷科把這資料給自己，那很有可能就是斯捷科這個代言人選中了軟盟。

「俄羅斯怎麼突然決定要裁汰『大蜘蛛系統』呢？」劉嘯無奈笑說。

「大蜘蛛」就是那套用於俄羅斯軍方和政府的反病毒系統的名字，這套系統為俄羅斯服役了大概有十五年左右了，所以之前有很多人都曾提過，說這套系統過於老舊，需要裁汰，可俄羅斯人卻雷打不動，硬是將這套系統用了十五年。

他們創造了一個安全產品服役年限的神話。大蜘蛛體系之所以能夠服役這麼久，就在於它的穩健發揮，它還曾被用於俄羅斯總統大選等多項大型政府活動的網路之中，從來沒有出過重大安全事故，最近也沒聽說過它出什麼事，十五年都沒能想起，為什麼俄羅斯人現在突然又想起了要裁汰它呢？

大蜘蛛體系的負責人，也是安全界的一位傳奇人物，和美國的小莫里斯是同一時代人物，可兩人的理念卻完全不同。小莫里斯製造了當年破壞力最驚人的病毒，此後擔任美國國家網路安全顧問，開始著手研究和佈署網路戰、病毒戰，這才有了海灣戰爭中，美國網路戰的一戰功成，使得天下人都認識到了網路戰的威力。

作為美國的最大競爭者，俄羅斯人深感不安，他們選中了另外一位天才人物——丹尼洛夫，丹尼洛夫組建自己的團隊，開始研究未來戰爭中的資訊安全需求，由此便誕生了大蜘蛛反病毒體系，此後俄羅斯政權發生了天翻地覆的變化，政權中心幾度交替，但大蜘蛛體系卻始終服務在俄羅斯最核心的網路之中。

劉嘯雖然覺得這事有些蹊蹺，但還是決定早做準備，如果真有此事，軟盟爭取拿下這樁生意，絕對是一種全新的嘗試。軟盟可以為俄羅斯設計高端的反病毒體系，自然也可以為別的國家設計，這種客製化的開發模式，可以迅速打開軟盟目前沒有大的贏利增長點的困局。

劉嘯播了李易成的電話，要做反病毒體系，還必須借重於易成軟體。

劉嘯剛給李易成說大蜘蛛體系要被俄羅斯裁汰，那邊的李易成便跳了起來。

「不會吧？你哪來的消息？」李易成不相信這消息是真的，「大蜘蛛體系要被裁汰，這話年年都說，可從來沒見俄羅斯方面真的做過！」

「這次可能是真的！」劉嘯笑說：「我有確切的消息，想諮詢一下你的意思。」

「我的意思？」李易成沒明白過來。

「裁汰了大蜘蛛，自然就需要新的、更好的產品替代，你覺得我們有沒有可能拿下這樁生意？」劉嘯問道。

李易成半天沒有回話，俄羅斯從未採購過他國生產的安全產品，而且反病毒一直都是俄羅斯的強項，李易不敢妄下結論，「這個很難說，不過你要是想做的話，我們倒是可以一試！」

「那你來一趟海城吧！」劉嘯笑說，「我們一起研究一下，俄羅斯方面會有人過來詳細說明此事！」

「好吧！」李易成沉思片刻，便答應了劉嘯，「我安排一下這邊的工作，最遲明天下午到海城！」

「好！」劉嘯掛了電話。

當時軟盟贊助易成軟體，絕對是一樁划算的買賣，現在和微軟的談判進行得差不多了，一旦達成，雙方將在一年的時間內，建成一個覆蓋全球的病毒求救平臺，全天廿四小時為全世界的互聯網用戶提供最及時的安全服務。最重要的是，軟盟可以跟在微軟的後面學到不少的經驗，軟盟遲早也要建立一套全球的業務網路。

放下電話，劉嘯才從口袋裏掏出一張紙條，上面是錢萬能寫的Wind的聯繫方式，昨晚劉嘯喝多了，回去倒頭就睡，到現在才有空把這個紙條拿出來仔細看。

Wind和錢萬能的聯繫方式明顯簡單了很多，錢萬能只需往一個信箱發一封郵件，然後拿起電話撥一個號碼，四聲振鈴之後掛掉，Wind就會主動聯繫到錢萬能。

劉嘯記清楚信箱地址和電話號碼，默背了幾次，便把紙條在菸灰缸裏點了。

劉嘯準備給Wind發一封郵件，可郵件寫什麼內容，劉嘯還沒想好，怎麼對付Wind，他也沒有一絲籌畫，對於Wind，除了一些字面上的介紹外，劉嘯沒有任何的瞭解。唯一親身接觸的，便是這次的F國高峰會Wind怎麼駭了那台電腦。

劉嘯到現在都還是無解，還有那神秘的蚊子，是Wind製造的呢，還是F國放進去的呢，這一切都是謎啊！

「叮叮叮！」

劉嘯正想得出神，滿腦子都是Wind，電話突然一響，把劉嘯嚇了一跳，「我靠，不會是Wind打來的吧，難道他們知道我要聯繫他們？」

定了定神，劉嘯接起電話，「你好，我是劉嘯！」

「劉嘯，是我，顧振東！」電話裏傳來了顧振東的聲音。

劉嘯長舒一口氣，趕緊問道：「顧總，有事？」

「你上次叫我做的事，現在有結果了！」顧振東的語氣裏全是笑意，「F國方面有人聯繫我，問我們能提供多少套產品，他們需要大量的產品！」

「呵呵，那你就按照我們之前商量好的辦就是了！」劉嘯也是大喜，他之前答應華維的事，因為局勢變化，最後沒能兌現，這次本想給華維一個撈錢的機會，也算是補償一下，沒想到斜地裏又殺出個鮑比・麥金農，好在一切塵埃落定，最後又回到了自己的算計之中。

顧振東有些感慨，「總是白白沾你們的光，唉！」

顧振東說這話，大概是有些失落，半年前，軟盟還是微不足道的對手，華維一拍手就能把他掐死，然而現在華維的安全業務，竟全靠軟盟撐著。

「其實是軟盟沾了你的光！」劉嘯笑說：「軟盟好不容易將那些大財團綁在一起，爭取到了一段相對穩定的時間，我們不想讓那些財團這麼快解套，只要他們一天不收回成本，就得繼續和我們綁在一起。」

「哦？」顧振東大感意外，「你是這麼想的？」

劉嘯這麼說，倒讓商人出身的顧振東感覺好受了很多，在顧振東看來，商人就是無利不起早的，如果劉嘯堅持說是為了合作者的利益才讓華維這麼做，顧振東反而會覺得劉嘯虛偽，甚至是憨；但劉嘯這麼一說，顧振東心裏的失落感一下小了不少，心想原來你小子也是為了自己的那點小算盤嘛，顧振東反而覺得和這種自己熟悉的商人合作，會更為穩妥可靠一些。

「對了，上次在雷城，我亂放厥詞，沒給你惹什麼麻煩吧？」劉嘯問。

「不提了，都過去了。剛開始市府是有些責怪的意思，說不該請你來，後來他們也想通了，你說的那幾點都很犀利，聽說市府最近正在研究，要搞出一系列扶持政策，還要放寬國內高新企業資金方面的限制。」顧振東笑說：「我倒認為你說得很好，如果市裏真能改變觀念，才算是盤活了整個雷城的經濟格局，這比拉幾個外企來投資強多了！」

「那就好，那就好！」劉嘯笑說：「害我擔心了好久，一直想給你道個歉呢！」

「行，我就不和你多聊了，我去安排一下F國的事！」顧振東說完，便笑呵呵地掛了電話。

方國坤來到辦公室，第一件事就是去實驗室，這裏的人已經一天一夜沒合眼，守在實驗室裏研究那台電腦。

「怎麼樣？」方國坤看著眾人，「有沒有發現什麼？」

眾人都是搖頭，看來又是毫無所獲。

「大家不要這個樣子嘛！」方國坤給眾人打著氣，「如果Wind那麼好對付的話，那他也就不是Wind，但我相信，我們遲早會抓到Wind的尾巴，因為我們手裏有著別人沒有的資源，我們掌握了三台Wind入侵過的電腦，找出Wind的痕跡，只是時間問題！」

「是！」眾人立正喊著。

「好，這東西就放那吧，大家趕緊去休息！」方國坤朝眾人下了命令，踱步出了實驗室，他便把小吳喊了過來，「你安排一下，把那台電腦再給劉嘯送回去！」

「送回去？」小吳非常意外，「我們好不容易搬過來，這還什麼都沒弄出來呢，怎麼就要給他送回去？」

「如果能找出什麼來，早就該找出來了！」方國坤嘆了口氣，「我們的技術實力還是不夠啊，或者說是我們的研究方向不對路，如果繼續下去，一樣還是毫無所獲。再者說，那電腦本來就是劉嘯爭取回來的，我們只是借來研究一下，遲早還是要還給他的！他能先讓我們研究，已經是很給我們面子了，如果我們不能做到好借好還的話，那今後將很難從劉嘯那裏得到什麼助力！」

「我明白了！」小吳咬了咬牙，「那我這就去安排！」

走了兩步，小吳又停了下來，回頭道：「對了，那個錢萬能又來了，到海城去找劉嘯，兩人在一家飯店喝了不少酒，今天一大早，錢萬能又出境了！」

「哦，我知道了！」方國坤皺眉思索著，錢萬能此時來海城找劉嘯，時機有些蹊蹺，應該是有什麼事情吧，「你先去辦劉嘯那事，錢萬能既然已經走了，就算了！」

李易成在第二天下午趕到了海城，劉嘯便約了那個斯捷科的老外一起吃晚飯，順便諮詢一下俄羅斯那邊的事情。

飯局還定在那天和錢萬能吃飯的那家，連包間都沒變，劉嘯和李易成早到，兩人說著和微軟合作的一些細節問題，等了不到十分鐘，斯捷科的老外便也到了。

三人各自坐定，酒過三巡，劉嘯這才進入正題。

「那天你送來的資料我已經看了，有些問題還得請教一下！」

老外倒是很痛快，「劉先生儘管問，我知無不言！」

「那好！」劉嘯點了點頭，「我很納悶，貴國的大蜘蛛反病毒體系為尼克洛夫所創，十多年來，從沒出過什麼大的安全事故，為什麼這次會突然提起這事？」

老外嘆了口氣，「大蜘蛛反病毒體系是我們俄羅斯安全人的一個驕傲，在看到那份資料時，我也就這個問題諮詢過總部，大概有兩個原因，這第一個原因還和軟盟有關！」

「哦？」劉嘯有些意外，「請說！」

「一個完整的安全體系，不光只有反病毒，還有反間諜反入侵等多方面，之前所有的這些工作，都是由大蜘蛛體系來完成的，後來我們逐漸嘗試著裝配了軟盟的策略級防火牆，來慢慢淘汰大蜘蛛體系中的相關功能部分，在反間諜反入侵方面，我們的安全性能大大提升，但由此卻造成了整個體系的極度不平衡，雙方一對比，反病毒體系的落後便立時顯現了出來，」老外詳細說明著，「一個拳頭大，一個拳頭小，反入侵反間諜上的優勢，也被反病毒體系的落後給拖累了，但我們不可能再回去重新啟用大蜘蛛的反入侵體系了，所以，設計一個和策略級完全匹配的反病毒體系，便成為當務之急！」

劉嘯點頭，這確實是個問題，「那第一個原因呢？」

「一周前，我們的策略級體系被人攻破……」

「什麼？」劉嘯頓時站了起來，「你們為什麼沒有告訴我？」這個消息顯然太突然了。

「劉先生請聽我說完！」斯捷科的老外示意劉嘯不要激動，「問題不是出在貴公司的策略級產品上，而是出在大蜘蛛反病毒體系上，對方利用反病毒體系的漏洞釋放了一種間諜病毒，大量竊取我們機密網路服務器的帳號和密碼，但在最後竊密的時候，策略級產品及時報警，才讓我們避免了極大的損失！這是我們在安裝了策略級產品後，所出現最嚴重的一起間諜入侵事件，對方的手法非常高明，幾乎騙過了策略級體系，只是在最後關頭功虧一簣！」

劉嘯慢慢坐了下去，「策略級產品對於病毒行為辨識不真，也是一個大大的缺憾啊！」

「劉先生知道發動攻擊的人是誰嗎？」斯捷科的老外看著劉嘯。

劉嘯搖頭，「不知道，你請說！」

「是Wind！」斯捷科的老外說得非常肯定，「他們失敗之後，給我們下了留言，並且啟動了所有的間諜病毒，導致我們的網路差點崩潰！」

「是Wind？」

劉嘯十分意外，因為他覺得這不是Wind的辦事風格，他們沒理由在失敗之後再次暴露自己，這是大忌。再說，劉嘯還從未聽說過Wind有失敗過，他們想要的資料，向來是手到擒來，而且是神不知鬼不覺。但斯捷科的老外這麼說了，劉嘯也不便說破，只是暗暗留了個心眼。

「此次事件之後，負責網路安全的高層就有意對反病毒體系進行全盤升級，並且把意向傳達給了國內的幾個大商會，讓我們來物色和尋找合適的人選。前幾天，在世界資訊安全論壇會議上，軟盟明確表態要追究Wind機構，這讓我們斯捷科的人非常欽佩，軟盟是個有道義和責任感的安全機構，我們願意和這樣的機構合作！」斯捷科的老外笑呵呵地看著劉嘯。

劉嘯笑了起來，舉起酒杯，「感謝貴公司對於我們軟盟的信任和支持！」說完，一飲而盡。

斯捷科的老外也只好陪著喝了一杯，道：「我們斯捷科認為軟盟來接手這個項目是最合適的，要和策略級產品完全匹配，形成一個協調的整體，這一點，也只有軟盟才可以做到！」

說到這裏，劉嘯已經大概明白了對方的意思，他搖頭笑著，「我們對於這樁生意很感興趣，但是現在還不能拍板，一來我們不瞭解大蜘蛛體系，二來我們不瞭解俄國的網情和真實需求，可能我們做的反病毒體系，還不如大蜘蛛體系呢！」

斯捷科老外一頓，道：「這確實是個問題，這樣吧，我回去後把劉先生的意思反映給總部，讓總部安排一下，先讓你們去瞭解一下大蜘蛛體系。等瞭解了這個體系後，你們再決定是否要做這樁生意，如果你們願意做，那時候自然會有人把具體的要求送到貴公司！」

「好，就這麼說定了！」劉嘯再次舉杯，三人之後再無公事可談，亂七八糟聊了一會兒後便散了。

回到家裏，劉嘯洗了把臉，等自己稍微清醒一些，便打開了電腦，他對斯捷科所說的那個Wind發飆的事總是有些不太相信，所以他想找踏雪無痕諮詢一下，畢竟踏雪無痕比自己要瞭解Wind。

劉嘯把自己的懷疑一說，大概過了三分鐘不到，踏雪無痕的消息便回來了，「你的懷疑是對的，但Wind要竊密，根本就不用那麼麻煩，我能穿透策略級產品入侵你的電腦，Wind同樣也可以做到。」

劉嘯這才想起這回事來，雁留聲的水準不比踏雪無痕差，踏雪無痕上次無聲無息就穿過了自己的策略級產品，那雁留聲自然也能做到這點。要是Wind想竊取俄方機密，根本都不需要從最弱的反病毒體系入手，他直接從策略級入手，也未必會失敗啊！

「奇怪！」劉嘯捏著自己的額頭，是斯捷科的人在撒謊，還是有人冒了Wind的名呢，劉嘯喝了點酒，腦子有點亂，一時分不出那邊的可能性更大。

「這事肯定不是Wind做的，但要是有人真冒了Wind的名，或者想借著Wind做什麼事，那就肯定不會逃過Wind的監控，我看最多一個星期，這事就會有結果，你只要留心觀察就行了！」踏雪無痕繼續說著。

劉嘯一看，頓時開悟，趕緊回道：「我明白了！」

「明白了就好！還有，你在F國高峰會上公開表態要追究Wind，依Wind以往低調的作風來看，我看他多半不會真和軟盟較勁，但你還是要有個準備，以免到時候措手不及。再者，以你現在的水準，追究Wind的事也只能是有心無力，我勸你最好按兵不動，更不要去主動撩逗他們！」踏雪無痕發過消息，又怕劉嘯當作耳旁風，便又再次叮囑道：「我的話你一定要記住！」

「我記住了！」劉嘯回道，他連Wind在哪裡都不知道，何談主動挑逗，他倒是從錢萬能那裏得到一個聯繫方式，但他手裏沒有任何關於Wind入侵的證據，拿什麼去挑逗和發飆？

過了好半天，踏雪無痕又發過來一個消息：

「等一個星期，如果任何方面都沒有反應的話，那就只有一個可能了，這件事是Wind幹的！那你就要小心了，這是Wind在給你下套，我給你一份我的電子身分印鑑，到時候或許有幫助！」

踏雪無痕似乎是怕劉嘯囉嗦，消息發過來的同時，便下線離開了。

劉嘯此時發現自己的桌面上又多了一個東西，但不是軍旗，這個檔的圖形非常復古，是國畫風格，這大概就是踏雪無痕所說的那個電子身分印鑑了吧！

劉嘯有點鬱悶，踏雪無痕竟然連最壞的打算都幫自己想到了，他給自己這個身分印鑑，無非就是想讓Wind在對軟盟下手的時候有所顧忌。

劉嘯心裏十分不甘，出道以來，除了踏雪無痕，他還真沒把任何人放在眼裏，這不是自傲，是劉嘯骨子有一股不服輸的強勁，可現在他真的對Wind沒有任何辦法。

「啊啊啊啊！」劉嘯有點煩，使勁敲打著自己的腦袋，「這雁留聲到底厲害在哪裡？為什麼到現在自己也沒能悟透踏雪無痕的技術體系是什麼？」

劉嘯自我發洩了一會兒，才稍稍平復，靠著椅子裏一邊生著悶氣，一邊又開始琢磨那個老得不能再老的、琢磨了三年的問題。

劉嘯想起上次和踏雪無痕聊天時，踏雪無痕說的那句話，「規則再好，也有漏洞，體系再先進，也會有瑕疵」，可劉嘯實在不知道該從何處下手去尋找這個漏洞，是從基礎通訊協議，還是系統核心？或者是別的方面？

現在的規則實在是太多了，單單是基礎通訊協議便又分了好多，任何一方面都可能出漏洞，自己又怎麼能知道踏雪無痕和雁留聲利用的是哪個呢？踏雪無痕還說劉嘯距離自己已經只剩下一小步，可劉嘯卻始終不知道這一步該向哪裡邁出！

和以往一樣，劉嘯還是琢磨不出，最後一拳砸在鍵盤上，嘆氣道：「只差一步，只差一步！」說完，他準備關掉電腦睡覺，眼光落在剛才的聊天記錄上，劉嘯突然來了一點靈感，踏雪無痕說自己能穿透策略級防火牆，那雁留聲也能穿透。

「這是不是兩人的一點共通性呢？」劉嘯頓時眼亮，那是不是穿透了策略級防火牆，大家的實力就應該拉近了呢？

劉嘯想到這裏，突然有些興奮，想要從千般萬種的規則和協議中找出漏洞，難度不亞於大海撈針，純粹是運氣問題。但要是想從策略級產品中找出漏洞，第一是有明確對象，第二是自己完全瞭解策略級產品的核心，要從中找出超脫於規則之外的東西，應該不是問題，或早或晚而已。

「媽的！」劉嘯一拍鍵盤，關機睡覺，「明天開始，就從策略級產品下手！」

早上走進公司，一出電梯，劉嘯便又看見了那個熟悉的箱子，箱子一旁站著幾個面色冷峻的人。

前臺美眉看見劉嘯，急忙走過來，「這就是我們的總監！」

「我就是劉嘯！」劉嘯瞥著那幾人，「你們是來還我電腦的？」

其中一個像是負責人，站了出來，「你好，劉先生，方先生特意囑咐，這東西一定要親自交到你的手上！」

劉嘯點了點頭，「好，多謝幾位！」

「劉先生還是打開檢查一下，確認無誤，我們這趟差事也算是完成了！」那人說著，便要過去拆箱子。

「不用！」劉嘯一抬手，「肯定無誤！」說完，劉嘯便在公司裏喊了幾個人，把那箱子抬了進去。

「那……」那人也不好再說什麼了，「那我們就告辭了！」

劉嘯看那幾個人走進電梯，便回身進了公司。打開辦公室的門，就聽見桌上的電話響，劉嘯快走兩步，拿起電話，「你好，我是劉嘯！」

電話裏先是傳來幾聲淡笑，隨後便有人說話了，「呵呵，聽說你正在找我？」

「你是？」劉嘯一時沒反應過來，隨後一愣，變顏道：「你是雁留聲？」

「不愧是劉嘯，這麼快就猜到我是誰了！」電話那頭依然是充滿笑意，「你不用聯繫我了，我主動聯繫你，你有什麼事就說吧。」

雁留聲這麼一說，打了劉嘯一個措手不及，一時間讓他不知道該說什麼了。

「你不會想告訴我，你們軟盟還真準備追究我們Wind吧？」雁留聲大笑，顯然，他是在調侃劉嘯。

「我說過的話，就一定會做到！」劉嘯此時已經把心情穩定了下來，

「你遲早會覺得這並不可笑！」

「呵呵……」雁留聲笑了兩句，「你比那些渾渾噩噩、沽名釣譽的安全專家確實是高出不少，也難怪錢萬能和踏雪無痕都來和我交涉，讓我不要為難你們軟盟！」

「錢萬能去找你了？」劉嘯大大意外，沒想到錢胖子轉身就去找了Wind，怪不得這個電話來得這麼蹊蹺。

「你以為錢萬能真會把我們的聯繫方式告訴你？」雁留聲笑說：「你手上拿到的那個聯繫方式，根本就是錢胖子自己杜撰的，他知道Wind的厲害，不想讓你去碰壁。」

劉嘯無語，「既然你什麼都知道了，那也不用繞圈子了，你今天來找我，到底什麼意思？」

「錢萬能和踏雪無痕的面子，我不能不給！」雁留聲收起了笑聲，「我打電話來，就是要告訴你，我可以給你半年的時間，在半年之內，我們Wind不會動你分毫，但半年之後，如果你還想追究我們的話，那就儘管來吧，我不會手下留情的！」

「我再說一遍，我劉嘯說過的話，就一定會做到！」劉嘯也被激出了怒氣，「我再告訴你，用不著半年，我一定會抓到你的尾巴，到時候別怪我沒有事先通知！」

「好！我等著！哈哈！」雁留聲說完，大笑著掛了電話。

劉嘯很生氣，劉嘯以往也算是很狂的了，不管是對於華維、F・SK還是F國，這些以往的對手，任何一個都比軟盟強大了不知道多少倍，可劉嘯從沒有把他們放在眼裏，現在，他終於碰到一個比自己更狂的了。

劉嘯真是越想越生氣，如果雁留聲睚眥必報，打電話過來是說要懲罰軟盟的話，劉嘯心裏倒還能稍微接受，因為至少這表示雁留聲把自己看作是一個對手，可讓劉嘯鬱悶的是，雁留聲根本就沒把劉嘯放在眼裏，竟然還要給軟盟半年的時間，簡直是欺人太甚。

劉嘯好不容易才把自己的情緒穩定下來，又想起了錢胖子，這胖子居然也不看好自己，還給了自己一個假的聯繫方式，幸虧自己沒按照上面的方式去聯繫，不然臉都要丟到姥姥家去了。還有踏雪無痕，他明明可以聯繫到雁留聲，而雁留聲又很賣給他面子，這說明他們很早就認識了，而且關係還不會差，可為什麼以前踏雪無痕從來沒有提起過這些，這兩個人的技術同樣高的離譜，他們之間不會是有什麼關係吧？

劉嘯瞎琢磨了好半天，也沒想到什麼，一切不過是憑空猜測罷了，劉嘯嘆了口氣，「還是想想眼前的事吧！」

方國坤派人把電腦送了回來，卻什麼也沒說，這就是說他們並沒有從電腦上發現Wind的入侵痕跡，這劉嘯早都預料到了，聽了錢胖子的話，劉嘯現在倒是認為那隻死蚊子才是入侵的關鍵，也不知道錢胖子什麼時候才有研究的結果出來。

雁留聲今天的這通電話，也讓劉嘯弄明白一件事，那就是發生在俄羅斯的入侵事件，肯定不是Wind做的。以雁留聲高傲的心態，說了半年不會朝軟盟下手，那自然就不會暗地裏做什麼手腳。再說，這事發生在一周前，那時候劉嘯才剛到F國，還沒表示要追究Wind呢，Wind還不至於未卜先知、未雨綢繆吧？

「那會是誰呢？」劉嘯捏著下巴，不管是誰，劉嘯都覺得要高度重視，雖然對方只是通過大蜘蛛體系的漏洞穿過了策略級防護體系，可劉嘯總覺得對方的目的並不在那些情報上，而是在策略級體系上，否則也不至於失敗後惱怒成羞成那個樣子，這不是網路間諜的風格！

雖然想不出這事是誰做的，但劉嘯知道這個攻擊者的心思很高明，而且技術手段同樣高明，這是一個很簡單的一石二鳥之計。

第一，如果你查不出來這事是誰做的，那這屎盆子自然就扣到了Wind的腦袋上，Wind的名聲已經夠臭了，敵人也很多，不在乎多一個少一個，這個屎盆子，Wind多半也不會跳出來掀翻的，這就剛好稱了攻擊者的心思；第二，就算你查出來攻擊者是誰，那又怎麼樣，你無法改變「軟盟的策略級體系並非是無懈可擊」的這個事實，策略級體系有著很多可以利用的漏洞，這對剛站穩腳跟的軟盟來說，是個不大不小的打擊。

劉嘯想得有些頭疼，決定不再想了，反正事情遲早會有個結果的，斯捷科已經答應了讓自己去體驗一下大蜘蛛系統，到時候自己親自去求證，應該可以弄清楚事實的真相。

劉嘯朝實驗室走去，他現在最要緊的，是趕緊找出策略級的無敵漏洞，看看能不能發現什麼關於「高於現有知識架構」的線索。

第六章　古早加密法

這個加密法很少用到，歐洲一些國家的軍方曾經採用過這種加密方法，錢胖子不知道從哪裡找來的高手，竟然連這種老掉牙的加密演算法也翻了出來。也虧是劉嘯，換了別人，估計都不會備著這套加密演算法的解密工具。

事情過去兩天，李易成興沖沖跑來軟盟，找到了劉嘯，「和微軟的事談成了！」

劉嘯看著李易成，「這麼快？」

以前劉嘯談的時候，總是給軟盟爭取最大利益，微軟也是盛氣凌人，所以一到有分歧的地方，劉嘯就提出改日再談，這談起來就非常地緩慢。

「成了！」李易成笑著點頭，「完全是按照你說的，他們同意了！」說著，把談判的草擬協議掏出來交給劉嘯。

劉嘯只在關鍵處看了看，然後笑說：「看不出來李大哥倒是個談判專家！」

劉嘯看著協議，其實心裏有些遺憾，按照他的想法，軟盟得到的利益應該更多一些，李易成現在談成的好幾處都是軟盟的底限，怪不得這麼快就談好了。

李易成笑著擺手，「什麼狗屁談判，我看就是磨時間、磨性子，誰熬不過，誰就投降，我熬不過他們，就先投降了！哈哈！」

反正李易成都已經答應了微軟，反悔肯定是不行了，劉嘯也就不說什麼了，道：「好，那這事就算是定了，拖了這麼久，我也有些煩吶！」說完，劉嘯就喊了業務主管進來，把協議交給他，讓業務主管核實後重新列印成正式協議！

「和微軟的項目一啟動，那咱們可就是站穩了，以後誰再來挑刺，咱也不怕了！」李易成笑著，他是個簡單的人，所以總喜歡把事情看得簡單。

劉嘯笑了笑，也沒辯駁，「微軟挺讓我佩服，雖然他們的技術不一定是最好的，但微軟總能把自己的產品第一時間推銷到世界各地，牢牢佔據著市場的終端。我這次之所以選擇和他們合作，就是想在這方面跟他們學習一下，我們遲早會有自己的市場，借助別人的市場，終歸是要受制於人！」

李易成想了一下，點點頭，「你說的對，如果沒有市場發言權，再好的產品，那也得爛在自己手裏，很是可惜啊！」

「事情定下來後，估計你接下來就會很忙了，如果俄羅斯那邊的事再定下來，兩件事一起做，你有什麼困難嗎？」劉嘯問道。

「微軟這事，上次高峰會之後，我們一直都在準備，只要到時候你們和微軟的硬體跟得上，那我們的技術和程式就絕對沒有問題！」李易成顯得很有信心，「倒是俄羅斯這邊，我們一直做的是商業產品，這種涉及國家網路安全的高級貨，我以前還真沒做過，心裏沒什麼把握！」

「呵呵，其實這個比微軟的要簡單！」劉嘯看著李易成，「你沒做過，但有人做過，到時候一旦接手，自然會有人來幫你的。」

李易成一想，恍然大悟，「你是說，他們只是想給大蜘蛛體系換上主動防禦的反病毒核心？」

「應該是這樣吧！」劉嘯點頭，「車子的造型不變，給車子換一台馬力更大的引擎，是最簡單有效的提升性能的辦法，涉及國家網路安全，俄羅斯人肯定會用最簡潔有效的辦法。徹底更換固然是好，但大蜘蛛體系能夠堅持十五年不被淘汰，在結構上，自然有它的過人之處，不是那麼容易被替代的。」

「那我得去見識見識啊！」李易成來了興趣，「那老外給你回話了沒，安排我們什麼時候去見識那個大蜘蛛啊？」

「還沒有，估計就這兩天！」劉嘯皺了皺眉。

「那你得催催，我不能老在海城這麼待著，家裏一大堆事呢！」李易成也是頭疼不已。

李易成話音剛落，就有人敲劉嘯辦公室的門，等門開了一看，正是那個斯捷科的老外。

李易成大喜，霍地站了起來，「這可真是說曹操曹操到，我們正說你呢！」

洋毛子一愣，隨即笑說：「看來我今天來的正是時候，我來是有一件好消息要通知劉先生，總部通過各種關係，已經幫你安排好了，你隨時可以去體驗我們的大蜘蛛體系！」

「好，我們這就……」李易成真是迫不及待啊，一秒也不願多耽擱。

「不急！」劉嘯硬生生把李易成的話給打斷了，他看著那洋毛子，「我們不急，也不是非要去見識大蜘蛛體系！」

李易成詫異地看著劉嘯，他剛才還問自己同時搞兩個項目會不會有困難，怎麼一轉眼的工夫，這事就不著急了呢！

洋毛子也很意外，「劉先生這是什麼意思，你們不願意做這樁生意嗎？」

「生意嘛，能賺錢我們就做！」劉嘯笑呵呵的看著洋毛子，「只是有一件事我想先弄清楚，否則這生意我們肯定不做！」

「什麼事？」洋毛子看著劉嘯，不知道劉嘯這葫蘆裏賣的什麼藥。

「我記得你上次告訴我，說利用大蜘蛛體系漏洞攻入策略級防護體系的事，是Wind做的！」劉嘯盯著洋毛子的眼睛，「你沒有說實話吧？」

「我說的是實話！」洋毛子急了，「對方留下了聲明，可以為我的話作證！」

「呵呵……」劉嘯笑得非常奇怪，「對方說什麼，你們就信什麼，你們俄羅斯人的辦事方式倒挺有意思啊！難道你們的安全專家就沒說點別的嗎？」

劉嘯斜眼瞥著那洋毛子。

洋毛子像是一下被人捏住了尾巴似的，頓時矮了一截，站在原地愣了半晌，眼珠子轉了好幾圈，才很尷尬地笑說：

「這……，劉先生是不是太為難我們了，我們斯捷科只是做生意的，沒有權力去調查政府的事，那些安全專家即便是有什麼發現，也不會對我們斯捷科說的！」

「做不做生意，主動權在你們手裏，我們怎麼會為難你？」劉嘯反問，隨即又道：「我知道你們需要的是什麼東西，大蜘蛛體系我們也可以不去看，但我們得知道，到底是誰攻入了策略級體系？」

洋毛子站在那裏沉思了半天，最後才咬牙道：「好，我明白劉先生的意思了，我再去跟總部彙報一下！」

「好，我等你的消息！」劉嘯說完一抬手，就把洋毛子送出了辦公室。

「劉嘯，你搞什麼呢？」李易成有些著急，等洋毛子一走，就拽住了劉嘯，「不是說好去見識一下那個大蜘蛛體系嗎！多麼好的機會啊，你怎麼說不去就不去了呢？」

「他們肯定不會讓你看到全貌，看不痛快，倒不如不看！」劉嘯笑說，「再說，看了又能如何？我是做安全系統的，看了倒無所謂，因為我不會去設計任何一個反病毒體系，但你看了就不行，多多少少會讓你的想法受到禁錮，一個使用了十五年的架構，我看也沒有任何先進之處了。」劉嘯說起來頭頭是道的，很能唬人。

李易成還是覺得有些可惜，「國家級的反病毒體系啊，別人根本見識不到呢！」

「沒事，見識不到，那就自己做一個，讓別人見識嘛！」劉嘯大笑。

「你這話什麼意思？」李易成聽出劉嘯話中有話。

「我們要給海城設計一套安全體系，是全方面的，其中也包括反病毒系統。怎麼樣，李大哥有沒有興趣？」劉嘯看著李易成。

「靠，那還用問嗎？這種好事怎麼能少得了我！」李易成大喜，「這事肯定得我來！」

海城的安全體系，規格上估計不會亞於俄羅斯的國家安全體系，所不同的，只是在規模上有所縮減而已。能有這麼一個機會讓自己來隨意發揮，設計一套屬於自己的國家級反病毒體系，確實比去見識別人的體系要強多了，李易成當然不會放過。

不過他倒是有些納悶，「前段時間海城市府不是闢謠，說沒有這回事嗎？」

「那就看你信誰了！信我呢，你就趕緊準備準備，調配人手；信海城市府的話，那我可就把這事交給別人去做啦！」劉嘯說完，朝自己的辦公室慢慢踱去，一臉得意。

「信你！信你！」李易成急了，「我信你還不成嘛！」說完沒好氣地笑罵著，「你這小子，花花腸子太多，連我都被矇住了！」

回到辦公室，劉嘯對李易成談了談詳細的情況，李易成就匆匆趕回了雷城，一面安排和微軟的合作，一面抽出幾個人手派往海城，開始海城市府項目的前期工作。

軟盟的大品牌戰略被Wind曝光，這事吵吵嚷嚷一周，業務主管感覺差不多了，就跑來和劉嘯商量下一步的計畫。

業務主管手裏抱著一疊檔案，往劉嘯的辦公桌上一放，陰笑著說：「快看看吧，劉總！這都是最近各界對我們大品牌戰略的態度！」

劉嘯笑著瞅了瞅，「這厚度還不錯嘛，你挑重點說一說！」

業務主管往椅子裏一坐，道：

「大致分為幾種，第一種是幸災樂禍的，大多是以前被我們軟盟收拾過的企業，他們幹不過我們軟盟，天天巴不得我們出點什麼笑話，現在好不容易逮到機會了，說什麼我們這是多行不義必自斃，他們早就料到會有人收拾我們的！」

劉嘯大笑，軟盟什麼時候行過不義啊，這些人倒成未卜先知的神仙了。

「第二種就是苦口婆心型，大部分是我們還沒有正面接觸過、但將來很有可能成為對手的企業。」業務主管撇了撇嘴，「他們一副偽善的面孔，從各個角度分析我們大品牌戰略的可行性，不過結論都一樣，就是說我們大品牌戰略不可行，希望我們能夠三思後行，切不可因為有一點小小成績便沾沾自喜，以至於得意忘形！」

「他們倒挺會為我們考慮的，咱們得謝謝人家啊！」劉嘯違心地說著。

「第三，就是破口大罵型的，反正就是說我們大品牌戰略不對，不應該做，不能做！」業務主管伸手翻著那些整理出來的檔案，「你看看這個，還有這個，這個……」

連續翻了七八個，業務主管又坐回去，道：「有的說我們是技術型企業，做技術才是本分；有的說我們是癩蛤蟆想吃天鵝肉，淨做白日夢；有的更胡扯，說我們這是對軟盟、對股東們極不負責任的作法，遲早會破產倒閉……」

「行了行了！」劉嘯笑得嘴巴都疼了，「這些就夠了，看來我們可以進行下一步了！你過來，我告訴你接下來怎麼辦！」

劉嘯一揮手，把業務主管叫了過來，附耳一陣吩咐，業務主管便一臉淫笑地走了出去。

很快網路上就開始流傳一個「謠言」，說前不久在F國召開世界資訊安全論壇緊急高峰會，全球知名安全機構和各國的安全官員齊聚一堂，商討如何對付世界頭號網路間諜機構。結果高峰會會場的電腦卻被莫名其妙入侵，入侵者當場公佈了各國各機構很多見不得人的隱私，以至於安全機構紛紛「潔身避嫌」，沒有一個表示要去對付這個頭號網路間諜機構。

這些見不得人的隱私中，就包括了軟盟的大品牌戰略計畫，軟盟沒能做到「潔身避嫌」，不自量力地表示要去追究這個網路間諜機構，於是這個「見不得人」的隱私就被曝光了。

這個謠言說得有鼻子有眼，包括當時誰誰去了會場，會場又是如何地遮罩無線信號，安全工作做得多好，甚至是大會日程安排，也被謠言曝光，不由得人不信。

這一下，所有人都把焦點投到了謠言裏提到的那些安全機構身上，這些機構紛紛出來闢謠，哪能讓屎盆子就這麼往自己頭上扣呢！

不過正如劉嘯所說，這些機構只說根本就沒有這麼一個會議，更不可能有謠言中所提到的事，只是他們卻集體閉口不談關於謠言中提到的那個世界頭號網路間諜機構的事，氣氛詭異至極。

這謠言是誰放出來的，大家不用猜都知道，於是業務主管說的那三種類型，一夜之間就全部被收編了，齊刷刷破口大罵，他們把自己這輩子能罵人的話全給罵了。全世界的安全機構如此集中地善意「批評和勸誡」一個中國安全機構放棄一個被人曝光了的見不得人的秘密計畫，倒也創造了一項金氏紀錄。

過了兩天，忽然一個重磅消息從微軟傳出來，微軟董事局通過審批，將會在最短時間內，和軟盟組建一家新的公司，公司的總部位於中國海城，公司總投資金額高達二十億美金，由軟盟和微軟各自出資百分之四十和百分之六十。屆時軟盟負責技術，微軟負責市場，雙方將建立一個覆蓋全球的反病毒平臺，提供全天廿四小時即時病毒救助服務，不管用戶處於世界的任何一個角落，都可以通過至少三種方式向這個平臺發出求救。

熱鬧的安全界突然冷清了下來，那些安全機構這才意識到自己上了一個大當，在自己和軟盟糾纏的時候，微軟卻把自己的老家給抄了，於是大家紛紛班師回朝救老家，再也顧不上去「勸誡」軟盟了。

「哎……」劉嘯嘆了口氣，此時他已經在飛往俄羅斯的飛機上，「沒有人嘰嘰喳喳了，人生也變得索然無味啊！」

劉嘯到俄羅斯之後，斯捷科並沒有安排他直接去體驗大蜘蛛體系，而是先把他安頓下來，然後等待軍方和政府的通知。

不過劉嘯也沒有閒著，他現在腦袋裏就一件事，找到策略級體系的漏洞，然後順藤摸瓜，看能不能發現什麼關於踏雪無痕和雁留聲的線索，所以他也樂得清閒，躲在酒店的房間內琢磨這事。

「砰砰！」劉嘯正想得腦袋瓜發痛呢，突然傳來了敲門聲。

劉嘯揉著太陽穴走過去，拉開門，發現外面站著一個老外，不是酒店的服務生，也不是斯捷科的人，劉嘯有點納悶，「你找誰？」

「是軟盟的劉嘯先生吧？」老外問道。

劉嘯點點頭，「對！」一邊揣摩著對方的來歷。

「錢先生讓我送一份東西給你！」老外說完，把一個小小的檔案袋遞到劉嘯手裏。

「錢先生？」劉嘯一愣，隨即想到這說的可能是錢萬能，便點了點頭，朝對方道：「謝謝你，麻煩了！」

「不客氣！」對方說完便告辭離開，也沒有多耽擱。

劉嘯捏了捏檔案袋，覺得裏面應該是個隨身碟，不禁有些奇怪，「錢胖子搞什麼呢，這麼神神秘秘的！直接給我電話不就行了嗎，什麼東西這麼重要，還非得讓人追到俄羅斯來！」

劉嘯把檔案袋拆開，裏面果然是一個隨身碟，還有一張名片，上面寫著「國際知名大富豪，錢萬能先生」，劉嘯搖頭輕笑，錢胖子這名片還真是「只此一家、別無分號」，甚至不用看這名片的材質也知道是他的，別人印這種名片還怕丟人呢。

劉嘯把名片仔細收好，這張名片的造價可頂得上一輛好車了，雖然劉嘯沒有與之相配套的手機，但這名片他也捨不得扔掉。

把隨身碟接到電腦上，劉嘯發現裏面是一個小檔，點開一看，卻全是亂碼，看來是加密過了。

劉嘯大搖其頭，錢胖子這是怎麼了，這麼小的一個檔案，不用猜都知道裏面沒多少貨，他專門讓人送來也就算了，怎麼還加了密呢，有必要嘛！

心裏這麼想，可劉嘯還是趕緊調出一個解密工具，一查，竟然不知道這個檔是用什麼方法加密的。

劉嘯這下是真懵了，完全猜不出錢胖子是在搞什麼，萬里迢迢地讓人送來了這麼小的一個檔，卻用了如此高明的加密方法，他到底是想讓自己看呢，還是不想讓自己看呢。

劉嘯搖搖頭，「看來得用真傢伙了！」

劉嘯接通酒店的網路，開始從自己分佈在網路上的幾個備份點下載那些壓箱底的真傢伙。

「阿特利加密法！」

用自己專用的解密工具一看，立馬就得到了結果，劉嘯露出笑意。

這個加密法也不是多麼厲害，只是很少用到，歐洲一些國家的軍方曾經採用過這種加密方法，不過都已經被淘汰很久了，錢胖子也不知道從哪裡找來的高手，竟然連這種老掉牙的加密演算法也翻了出來。這也得虧是劉嘯，換了別人，估計都不會備著這套加密演算法的解密工具。

劉嘯調出解密工具，只幾秒鐘的時間，便把加密的檔還原了，他興沖沖打開那檔，想看看錢胖子這葫蘆裏到底賣的什麼藥，一看劉嘯又傻了眼，還是亂碼。

「這胖子不會是耍我的吧，難道讓我看這些亂碼？」

劉嘯徹底鬱悶了，如果是代碼，哪怕是二進位的代碼，他還能猜一猜是什麼意思，可這亂碼要怎麼去猜呢！

劉嘯抓抓頭，實在想不明白這錢胖子是什麼意思。

盯著亂碼看了好半天，劉嘯突然想到一個可能，這錢胖子不會是用了多重加密吧，想到這裏，劉嘯趕緊再用解密工具去查看那文件。結果一出來，果然沒猜錯，這胖子還真的是用了多重加密，而且加密的手法還都不一樣。

這還沒完，劉嘯打開解密後的文件發現依然是亂碼，沒辦法，只好再繼續解下去。錢胖子用的加密法五花八門，而且一個比一個難，等解到第十八個時，竟然是North加密法，這是一種剛剛才被採用的新式加密法，演算法複雜無比，號稱有史以來最複雜的加密演算法。

劉嘯擦擦腦門上的汗，「好在是史上最複雜加密法，不是史上最難的解加密法！」

劉嘯快被錢胖子弄崩潰了，這胖子不像是給自己送檔案來的，倒像是來考驗自己的解密能力，劉嘯有一種過五關斬六將的感覺，斬得自己都快吐血了。

「要是這個解完還有一層，老子就不解了，直接給錢胖子打電話！」劉嘯折騰了半天，還是沒能看到檔案的內容，已經有些失去耐心了。

萬幸的是，這是最後一層加密，劉嘯這才鬆了口氣，North加密演算法已經是史上最複雜的演算法，要是再往下走，他都不敢想像錢胖子還能弄出什麼加密演算法，這已經要達到劉嘯的極限了。

文件果然很小，總共不到一千個字，錢胖子找人解剖了那隻「蚊子」，檔案就是解剖的結果。

和劉嘯猜測的一樣，蚊子裏面另有乾坤，錢萬能請了世界上最好的納米工程師，才把蚊子完整剖開，裏面是電子結構，有探測裝置、敏感元件、記憶體、處理器，這些都是可以依據外型判斷出來的，但還有很多元件根本不知道是幹什麼用的。

他找來的那世界最好的納米工程師對此也無能為力，沒有任何設備可以讀取那記憶體的資訊；關於這蚊子為什麼會突然失靈，掉落在機箱內，錢萬能也沒有個結論。

劉嘯嘆了口氣，他基本可以斷定，那天的入侵，就是這個蚊子造成的，科幻電影裏才有的情節，竟然真的發生了！

檔案的最後，是錢胖子的叮囑：「看完之後，立刻銷毀，切記切記！」劉嘯這才恍然大悟，錢胖子不遠萬里著人親自送來這幾百個字，又用了十八道多層加密，他這麼慎之又慎，原來是害怕被Wind知道了他在偷偷解剖Wind的「駭客蚊子」。

弄清楚了原因，劉嘯不禁搖頭大笑，這錢胖子實在是太可愛了，他以為這是防盜鎖啊，多加上那麼幾把，人家就解不開了嗎？這十八層加密，看來就只折騰了自己而已。

劉嘯笑完，便把那機密檔徹底粉碎了，Wind的情報水準有多厲害，他是知道的，這檔絕不能留，就算自己不怕Wind，但也不能給錢萬能帶來麻煩！

確認文件被粉碎後，劉嘯便皺起了眉頭，照這麼看，即便是多給自己半年的時間，自己也不可能鬥得過Wind！Wind的優勢不僅僅只在網路安全方面，他們能造出如此精密的機械蚊子來執行駭客任務，可見他們背後有著多麼強大的一個技術後盾。一隻小小的蚊子身上，凝聚了如此多的尖端科技，這不是一個網路間諜組織可以辦得到的。

「奶奶的，這次算是栽了！」劉嘯不禁有些發愁，如果只是比駭客技術，他對於半年後追上雁留聲還抱有一線希望，可是Wind要是把這些尖端科技手段用到軟盟身上，那軟盟根本就沒有還手之力，只能等著挨揍。

劉嘯自己輸了也就算了，沒什麼，反正兩年多來，在踏雪無痕手底下，他從來就沒有贏過，但現在不一樣，他還有軟盟，這才剛剛有點起色、一旦被Wind擊垮，那後果……

劉嘯搖搖頭，不敢去想這個後果，他現在有點後悔，自己在F國的高峰會上不該那麼衝動，置軟盟於萬劫不復的境地，這不是劉嘯想要的結果。就算時間倒流，恐怕面臨那個場面，劉嘯還會做出同樣的決定，可劉嘯現在是真的後悔了。

正在鬱悶呢，再次傳來敲門聲，劉嘯把電腦上的工具都清理掉，然後拉開門，外面站著斯捷科的人。

「劉先生，接到了通知，我們可以出發了！」斯捷科的人一臉喜色。

「好，我收拾一下，這就跟你走！」劉嘯把斯捷科的人讓進屋子，把東西收拾了一下，電腦鎖好，便跟著斯捷科的人出了門。

出門坐車一直往西走，車外的景物逐漸稀疏起來，大概走了四十分鐘左右，車子在一座紅色、極富俄羅斯風情的建築物前停下來。

劉嘯下車之後，看見這座建築前的大門口站著荷槍實彈的哨兵，門口插著個牌子，非常顯眼，劉嘯不認識俄文，按照國內的習慣的，他猜這牌子上應該寫著「軍事管制區」！

此時門口站著一個三十多歲的老外，穿著軍裝，看起來非常偉岸挺拔，一臉的睿智，手裏夾著一根粗大的雪茄，正在那裏吞雲吐霧。

「劉先生，請跟我來！」斯捷科的人跟劉嘯打過招呼，便朝大門口走去，轉眼就和那個穿軍裝的老外聊了起來，看起來他們彼此應該非常熟識。

劉嘯走上前去，那穿軍裝的老外便把雪茄掐了，裝進口袋裏，然後朝劉嘯伸出手，「你好，劉嘯先生，早就聽說過你的大名了！」

斯捷科的人忙對劉嘯做著介紹，「這位是博涅夫上校，是軍方最有實力的電腦專家，現在是大蜘蛛體系的負責人。博涅夫上校的老師，便是大名鼎鼎的丹尼洛夫！」

劉嘯趕緊伸出手，丹尼洛夫的高徒，他可不敢輕視，「幸會，幸會！」

「劉先生，請吧！」博涅夫這個人看起來似乎也不善於客套，直接就帶劉嘯進了大門，「我們已經做好了準備，你可以隨意參觀，歡迎你對我們的大蜘蛛體系做出評價！」

「不敢不敢！」劉嘯客氣了兩句，跟著博涅夫走了進去。

「這裏就是我們的大蜘蛛體系的核心區，反病毒體系的中心就在這裏了！」博涅夫把劉嘯領進一間寬敞的機房，裏面有許多人正在電腦前忙碌，「十五年來，大蜘蛛體系沒有大的改動，只有反病毒的技術核心做過三次升級。其實說到反病毒的核心技術，不管是特徵碼搜索、還是主動防禦，大家的理念都差不多，一個反病毒體系是否成功，主要還是看它的架構是否合理。在這方面，大蜘蛛體系是最成功的一個！」

博涅夫說起這個，不由一臉自豪。

劉嘯點了點頭，「大蜘蛛體系能夠十五年不被淘汰，已經證明了這點！」

「軟盟有把握超過大蜘蛛體系嗎？」博涅夫問道，他知道軍方已經下定決心要裁汰大蜘蛛體系了。

劉嘯搖頭，「我不敢打包票，但如果這個項目讓我們軟盟去做，我們會盡自己最大的努力！」

博涅夫對劉嘯的回答非常滿意，笑道：「我相信大蜘蛛體系的架構還能再使用十年，至少八年！」博涅夫伸出手指比劃著。

「前提是你們的技術核心不落伍！」劉嘯提醒道。

博涅夫一愣，隨即也笑了起來，「劉先生說得很對，我們已經有第四次更換技術核心的打算，目前已經報到軍部去了！」

劉嘯一聽，就知道博涅夫是反對裁汰大蜘蛛體系的，劉嘯這次來，目的本來也不是體驗這個大蜘蛛體系，他是衝著那個刺穿策略級的攻擊來的。

此時看博涅夫的語氣不善，劉嘯便趕緊轉移了話題，「我聽說前幾天有人利用大蜘蛛體系的漏洞，刺穿了我們的策略級防火牆？」

博涅夫倒也不掩飾，「是有這麼回事，問題出在反病毒體系和策略級體系在對系統的許可權歸置方面，有一些相互衝突的地方，由此造成了許可權不明，攻擊者正是利用這一點鑽進了我們的網路。不過我們已經對大蜘蛛體系做出修改，以後許可權配置這塊，都由策略級體系控制，這樣對手便不會再有機會了！」

劉嘯鬆了口氣，原來是這麼回事。

「斯捷科的人告訴我，攻擊者是Wind？」

博涅夫瞪了斯捷科的人一眼，很生硬地點了點頭，「不錯，是Wind做的！」

劉嘯卻笑了起來，「博涅夫上校也這麼認為嗎？」

博涅夫有些不高興，「劉先生為什麼這麼問？」

「我倒認為這不是Wind做的，相信博涅夫上校也是這麼認為的！」劉嘯看著博涅夫。

博涅夫的眼神一亮，隨即又恢復常色，「我不明白劉先生的意思！」

「呵呵，大家都是做網路安全的，是不是Wind做的，你我心裏都很清楚，我這次來俄羅斯，目標並不是大蜘蛛體系，能不能拿下大蜘蛛體系的改造項目，我不在乎！」劉嘯看著博涅夫，「我來這裏，是想聽博涅夫先生一句實話，攻擊者是誰，這對我們軟盟很重要！」

看劉嘯的神色，他似乎早就知道這不是Wind做的，而且像是掌握了什麼證據似的，這讓博涅夫有些好奇，不過知道了劉嘯的心思不在大蜘蛛體系上，倒讓博涅夫放心不少，這是俄羅斯安全人的一塊招牌，更是自己老師的心血，博涅夫不想讓大蜘蛛體系毀在自己的手裏。

「真人面前不說假話，既然劉先生是行家，那我就不必隱瞞，這次的攻擊事件，確實不是Wind做的！」博涅夫看著劉嘯，「劉先生並不清楚攻擊的詳情，不知道你是根據什麼做出這個判斷？」

「因為Wind沒有必要這麼做！」劉嘯答道。

「沒有必要這麼做，沒有這麼必要這麼做……」博涅夫把這句話念叨了兩遍，不禁大笑，「Wind確實是沒有必要這麼做，這一個理由便已經足夠了！劉先生請跟我來吧！」

第七章　一四〇部隊

這實在是太意外了，劉嘯的下巴差點給嚇得掉下來。這可是一四〇部隊啊，那個平均智商超過一四〇，號稱三個月就可以讓一個國家舉手投降的資訊作戰部隊，自己跟他們無怨無仇的，他們為什麼要把矛頭對準自己呢？

博涅夫說完，領著劉嘯出了這間機房，在樓道裏七拐八拐，最後進了一間小的實驗室，裏面只有五六台電腦。

「這幾台電腦，就是對方當時攻擊過的電腦，裏面的資料我們絲毫沒有改動，劉先生要是有所懷疑，盡可自己去查！」

劉嘯大喜，沒想到博涅夫這麼好說話，自己事先準備好的一套說詞看來都用不上了。

「多謝！」

劉嘯道了一聲謝，便來到電腦前，調出了電腦的攻擊資料和日誌，只不過片刻工夫，劉嘯便笑了起來，「先前我不過是猜測，現在看來，這真不是Wind做的！」

「哦？」博涅夫有些不解，「劉先生怎麼如此肯定？」

「我接觸過Wind的入侵，他們的入侵根本無跡可尋，而這台電腦上卻有著很明顯的入侵痕跡，這已經能夠說明問題了！」劉嘯看著電腦上的入侵痕跡，一臉沉思。

「那劉先生能知道是攻擊者是誰嗎？」博涅夫眼裏充滿期待。

劉嘯卻搖了搖頭，「入侵痕跡很明顯，但對方顯然做過處理，大部分的入侵的資料都被清理掉了，想從現有的這些資料記錄中找出攻擊者，需要很大的運氣！」

博涅夫有些失望，「不瞞劉先生，攻擊資料我們已經分析了十多天，一點線索都沒有，攻擊者的手段非常高明，沒留下多少有價值的東西。雖然我也認為這不是Wind做的，但我找不出任何其他攻擊者作案的證據！」

劉嘯仔細看著那些日誌記錄，想從記錄裏看出些什麼，最後只能放棄，僅憑眼睛和大腦，顯然發現不了什麼，這得依靠專業的分析工具，劉嘯今天來，什麼也沒帶。

劉嘯起身放開電腦，看著博涅夫，「這些攻擊記錄和日誌我可以帶走一份嗎？我想拿回去慢慢分析！」

博涅夫想了片刻，便道：「回頭我讓人給你送過去！」

「多謝！」劉嘯點頭道謝，抬頭看見博涅夫神情鬱鬱，便知道博涅夫沒有說謊，俄羅斯方面肯定也沒找到真正的攻擊者是誰，想起踏雪無痕的話，劉嘯不由說道：「其實要找到攻擊者並不難！」

「劉先生有辦法？」博涅夫趕緊問道。

「就算我們都辦不到，也會有人替我們把攻擊者找出來的！」劉嘯笑呵呵看著博涅夫，「Wind的頭目雁留聲是個睚眥必報的人，這事如果不是他們做的，他們肯定不會坐視別人拿著他們的名頭來渾水摸魚！」

博涅夫恍然大悟，眼裏不住冒光，「劉先生的意思，Wind也在調查這事？」

「我只是推測！」劉嘯笑說，「博涅夫上校肯定比我更熟悉Wind的辦事風格！」

「沒錯沒錯！」博涅夫一臉激動，「我怎麼把他們給忘了呢，他們肯定不會放過這招搖撞騙的人！」

博涅夫說完，扭頭便走，走了兩步，覺得自己有些失態，便又轉過身來，朝斯捷科的人吩咐道：「我都已經安排好了，你陪著劉嘯先生去參觀大蜘蛛體系就可以，我有事，得趕緊去安排一下。」說完朝劉嘯一致歉，便匆匆離去。

斯捷科的人看博涅夫離開，只好帶劉嘯離開這間實驗室，然後到處去轉，大概二十分鐘，博涅夫又回來了，他親自帶著劉嘯轉遍了整個大蜘蛛體系的核心區，並講解了一下大蜘蛛體系的功能。

劉嘯知道他們不會讓自己看到更具體的東西，也覺得差不多了，就提出告辭。

博涅夫把劉嘯送到了大院門口，然後掏出一個隨身碟遞給劉嘯，「這裏面是你要的攻擊資料和日誌，如果劉先生有什麼發現，請及時告訴我！」

「好的，謝謝！」劉嘯也不客氣，直接收過來裝進口袋裏。

「希望劉先生能在這裏多待幾天，俄羅斯可是有不少的好地方！」博涅夫笑說，又從口袋裏掏出自己的半截雪茄。

「好的！」劉嘯點頭，其實他現在想走也走不了，斯捷科的人幫他約了這次負責大蜘蛛體系改造的政府官員，他還得見一見，試探一下俄羅斯在改造大蜘蛛體系上的態度是否堅決。

接下來的幾天，劉嘯便待在酒店研究那份攻擊資料，無聊的時候，就去大街上隨意走走。

他對於俄羅斯這個國度有些特殊的感情，不為別的，就因為這裏是世界上盛產駭客的地方。俄羅斯有著世界上數量最為龐大的職業駭客群，他們就像是雇傭兵一樣，誰給錢，他們就給誰幹活。

另外一個原因，就是因為俄羅斯是第一個大量訂購策略級產品的國家，如果當時不是和斯捷科的合作達成，恐怕自己也不可能那麼輕鬆就搞定ㄅ．SK他們，從這個角度說，軟盟的崛起，離不開俄羅斯。

不過讓劉嘯意外的是，俄羅斯的資訊化水準，遠遠趕不上歐美發達國家，就是和小小的愛沙尼亞比都差了好多，甚至在很多方面還不如中國，這一切都很難將她和那個曾經的超級大國聯繫到一起。

「三十年河東，三十年河西啊！」看著大街上稀稀落落的人，劉嘯不禁唏噓不已。

雖然俄羅斯在幾年前就啟動了「電子俄羅斯」的十年計畫，要提高國家的資訊化水準，可就眼前情況看，似乎這個計畫執行得並不怎麼樣。劉嘯不知道這是什麼原因造成的，很多專家說這是俄羅斯政治動盪的結果，更多的人說是因為俄羅斯國力逐漸衰退，國民生活水準不高，才導致了資訊化水準低下。

劉嘯對於這個觀點倒是不太認同，在他看來，瘦死的駱駝也比馬大，俄羅斯畢竟還是世界大國，俄羅斯駭客的長盛不衰，也足以證明俄羅斯的國家網路技術水準很高，造成目前資訊化水準不足的原因，或許和那個大蜘蛛體系能夠連續服役十五年的理由一樣。

俄羅斯人還沒有從以前的「超級大國夢」中醒過來，他們沒有意識到世界的發展趨勢正如逆水行舟，不進就會退。

劉嘯在街上隨便溜達，想找個大商場，給張小花他們買點禮物什麼，結果卻越轉越偏僻，最後連自己都轉暈了。

街邊有個皮貨店，裏面的皮大衣看起來真材實料，而且樣式也不錯，劉嘯選中了一件，準備買了送給張小花，另外還看上了兩個皮帽和一個圍巾。

刷卡付帳，結果店太小，不能刷卡，劉嘯摸摸口袋，發現現金不夠，和店老闆一陣雞同鴨講，總算明白了彼此的意思，店老闆在紙上畫了個路線圖，出門往前一條街，有家銀行。

劉嘯只好放下東西，出門去找銀行。

按照皮貨店老闆的線路圖，果然看到了一家銀行，銀行的外面有個ＡＴＭ櫃員機，有個瘦高的老外正趴在那裏取錢，叮叮噹噹按了一陣，錢還是沒有出來。劉嘯有些等不及，直接進了銀行裏面。

取了錢出來，劉嘯發現那個瘦高的老外還趴在那台櫃員機前，手上依舊按個不停，劉嘯這才意識到這個老外可能並不是在取錢。

看看左右，這條街上除了這個老外和自己便空無一人了，劉嘯想走開，但又實在是好奇，他左右上下仔細把那老外打量了一遍，確認那傢伙應該是人畜無傷，這才慢慢靠了過去。

這個老外雖瘦，但個頭高，往櫃員機前一站，便把前面遮了個嚴嚴實實，劉嘯從後面什麼也看不到，只好側頭調整視線，從老外胳膊肘下的縫隙往裏看去。

一看之下，劉嘯嚇了一跳，這老外居然不用任何外界設備，只靠櫃員機上的那幾個按鍵，便把作業系統的桌面調了出來，此時他來回按著那幾個按鍵，應該是在拆解櫃員機系統的密碼，老外全神貫注，一點也沒注意到背後的劉嘯。

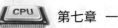

國內櫃員機的管制比較嚴格，一般人很難接觸到，其實我們平時看到的櫃員機介面，也是運行在作業系統上的，你可以把櫃員機的螢幕理解為全屏顯示，所以我們看不到作業系統的桌面。可誰都知道，一旦進入作業系統桌面，那我們就可以做很多事，不過櫃員機的設計非常安全，僅靠那幾個數字按鍵，是很難切換到桌面的，而這個老外卻辦到了。

這個東西並不複雜，也不高深，只是劉嘯以前對這個沒有做過深的研究，不過軟盟以前接到過測試櫃員機系統安全性的項目，公司有這方面的資料，劉嘯看過一些，所以有印象。

令劉嘯意外的是，俄羅斯的這套櫃員機系統，密碼竟然沒有加密，而是採用明文保存，所以劉嘯看到了一種已經消失了很久的解密方法，這種解密方法大概也只存活於電影鏡頭中了。

老外從密碼的第一位開始，對密碼進行逐步猜解，目前他已經猜出了密碼的前八位，正在猜第九位，根據回傳的消息，這個密碼應該只有九位。也就是說，只要老外猜出這第九位數字，這櫃員機的錢就會嘩嘩地吐出來。

老外手上的動作很快，就劉嘯看的這會兒工夫，他已經試了五六個字元，要猜出密碼並不難，因為密碼的每一位元，只能是一個字元，這樣的話，符合的數字只有十個，字母也只有二十六個，如此一來，便只有三十六種可能，就算區分字母大小寫，也不過是將二十六翻倍而已，以這老外的手速，大概不會超過三分鐘，這個密碼就能解出來。

劉嘯不禁有些著急，這可是在自己眼皮底下搞入侵啊，他想阻止，可不知道用什麼辦法好，前面老外腦門上一頭汗，劉嘯這一緊張，也是一腦子汗。

劉嘯努力從腦海裏搜索著關於櫃員機的一切資料，突然想起一個辦法來，看著老外密碼輸完，系統提示密碼錯誤，劉嘯在旁邊小聲地用英語提醒了兩個字元。

那老外也不知道是太專心了，還是太緊張了，當耳邊傳來這兩個字元時，他竟毫無遲疑，叮叮兩聲給按了下去，結果櫃員機的螢幕彈出個提示，「系統遭到入侵，按鍵鎖死！」幾秒鐘後，螢幕一黑，櫃員機竟停止了工作。

老外這才回過神來，轉過身來看，卻見劉嘯早已躲得遠遠的。他怕這老外找自己麻煩，這地方人生地不熟的，心裏還真發虛，誰知道俄羅斯是什麼國情，萬一這傢伙從口袋裏掏把槍怎麼辦。

兩人這一對眼，老外像是受了驚，跳起來大喊著，也不知道是什麼意思，反正劉嘯聽不懂俄語，嘰哩哇啦的在他耳朵裏都是一個意思：不知道！

劉嘯看老外那麼激動，就準備拔腿開溜，可沒等他開溜，那老外大叫兩聲後，朝著另外一邊飛也似的跑了，比兔子還要快速。

劉嘯擦擦腦門上的汗，也趕緊逃也似的離開了現場，到皮貨店付錢拿了東西，便估摸著方向摸回了酒店。

第二天一早，斯捷科的人來了，把劉嘯領到了一間會議室裏，說是軍方和政府的代表今天要和劉嘯見面，談一談大蜘蛛體系改造的事情。

劉嘯一看如此鄭重，便覺得這次俄方是下定了決心要裁汰大蜘蛛了，既然俄方有這個打算，如果軟盟能拿下這個項目當然最好，劉嘯和錢又沒仇，劉嘯在心裏飛快地想著說辭，看等會兒怎麼說服俄方把這個項目交給軟盟，一邊開始講價，爭取一個有吸引力的價位。

大概等了十來分鐘，會議室的門被推開，進來兩個老外。

斯捷科的人趕緊站起來，「我給大家介紹一下，這位是總統辦公室資訊安全官員，伊戈爾先生；這位是軍方資訊安全官員，維卡上校。」說完又指著劉嘯，「這位就是軟盟的掌門，劉嘯先生！」

「幸會，幸會！」三人寒暄兩句，便各自落座。

「斯捷科是我們非常信賴的合作夥伴，此次大蜘蛛體系升級改造，斯捷科便向我們推薦了軟盟，對此我們非常重視，特意邀請劉先生過來，便是希望我們雙方能夠真誠地談一談，在平等條件下，我們一定會優先考慮軟盟！」維卡上校直接開門見山，倒也痛快。

這話讓斯捷科的人非常高興，「能夠為祖國盡一份綿薄之力，我們也非常榮幸！」

伊戈爾打開自己的記錄本，「大蜘蛛體系，劉先生也已經去親身體驗過了，如果這個項目交給軟盟去做，劉先生打算從哪方面入手，對哪幾個環節進行改造，能夠達到什麼效果？」

伊戈爾一連幾個問題，再加上一臉鄭重的表情，也不知道這傢伙是真內行還是充內行。

劉嘯清了清嗓子，把早已準備好的說詞拿了出來，「是這樣的……」

話音剛落，就聽「砰」一聲，會議室的門被人推開，進來一位面色陰沉的軍人，他掃了一眼屋裏的人，便冷冷道：「聽說你們在商量裁汰大蜘蛛體系的事，我也來聽聽！」

劉嘯不知道這個老軍人是誰，不過其他三人卻飛快地站了起來，向那老軍人敬禮。劉嘯有些不知所措，跟著站了起來，打量著這個老軍人，劉嘯雖不會面相術，但也看出這個老軍人是個很固執而且相當自負的人，劉嘯敢肯定，這個老軍人是來攪局的。

老軍人目光平視，理也不理那三人，逕自走到會議桌前，大咧咧地坐了下去，雙手一插，「你們繼續！」

那三人面色有些尷尬，滯愣了一會，便坐了下來，臉上似乎有些無奈。

斯捷科的人湊過來，「劉先生，這就是大蜘蛛體系的設計者，丹尼洛夫上校，不過已經退役了！」

劉嘯「啊」了一聲，原來丹尼洛夫就是他啊，怪不得這人面色不好看，劉嘯終於見到了傳說中的神級人物。

丹尼洛夫一臉鐵青地往那裏一坐，便再也沒有人說話了，大家都是你看我、我看你，一臉鬱悶。

「怎麼不說了，這麼快就商量完了嗎？」丹尼洛夫像一隻驕傲的大公雞，雄赳赳氣昂昂地問著。

那三人還是不說話，伊戈爾盯著自己的記錄本，維卡上校正襟危坐，猶如老僧入定一般，只有斯捷科的人一臉尷尬，看看這個，又看看那個，一副欲言又止的模樣。

劉嘯覺得這麼耗下去也不是個事，於是咳了兩聲，道：

「我覺得大蜘蛛體系沒有什麼缺陷，她的結構穩定、強壯、富有效率，還可以再為光榮的俄羅斯服務十年左右，至少八年！」

劉嘯把丹尼洛夫高徒——博涅夫上校的原話搬了出來。說完之後，劉嘯便站了起來，開始收拾東西，「我看這裏沒我什麼事了，你們聊，我就先告辭了！」

劉嘯這一番舉動，殺了會議室裏其他人一個措手不及，一時間全愣在了那裏，竟沒有人出聲攔阻劉嘯。

看著劉嘯收拾好東西便逕自朝門口走去，神情不像是作假，老公雞丹尼洛夫便坐不住了，急急道：「劉先生，請留步！」

劉嘯回頭看著丹尼洛夫，「前輩有什麼指教嗎？」

「你說大蜘蛛體系沒有缺陷，這恐怕不是你的真心話吧？」丹尼洛夫的臉色很不好看，他認為劉嘯這是在諷刺自己。

沒想到劉嘯卻搖了搖頭，道：「大蜘蛛體系是否裁汰，和我有什麼關係，即便是要被裁汰，也不一定就能輪到軟盟來接手這個項目，我為什麼要說違心的話？」

丹尼洛夫打嘴仗肯定不是劉嘯的對手，當下氣哼哼一聲，道：「你不是一個誠實的人，你不配做一個安全人！」

這話讓會議室裏的人都很難堪，尤其是斯捷科的人，劉嘯是他們請來的客人，即便是生意不成，仁義還在，可丹尼洛夫這話明顯就是對劉嘯進行人身攻擊，一點也不給斯捷科面子。

要是因此得罪了劉嘯，軟盟只要在和斯捷科的合作上稍微做點手腳，那損失的不僅僅是斯捷科，還包括整個俄羅斯關鍵網路的安全。

斯捷科的人一陣緊張，看著劉嘯，額上的汗都出來了。

「如果我不配做安全人的話，那前輩也不配做安全人！」劉嘯依舊是一副笑呵呵的表情，「大家都一樣，你指責我有什麼意思呢！」

「胡說八道！」丹尼洛夫一拍桌子，怒氣沖天地站了起來。

丹尼洛夫做了一輩子安全，守護俄羅斯網路十多年，威名赫赫，業內將他和美國的小莫里斯齊名，不過丹尼洛夫一向都是對小莫里斯嗤之以鼻，他認為小莫里斯不過是個戰爭販子罷了，只有自己才是真正的安全人。而現在劉嘯卻說他不配做安全人，這對丹尼洛夫來說，無疑是最大的指責和污蔑，是丹尼洛夫所不能容忍的。

這一下，老僧入定的維卡上校都站了起來，三人生怕劉嘯和丹尼洛夫撕扯起來，丹尼洛夫的脾氣可是出了名地火爆。

劉嘯笑說：「那我想請問一下誠實的丹尼洛夫前輩，您今天來這裏是想做什麼？」

丹尼洛夫鼻孔裏哼了一聲，「我來看看，看看你們能商量出個什麼結果！」

劉嘯長長地「哦」了一聲，「那丹尼洛夫前輩想看到什麼結局，或者說，你認為這件事應該是一個什麼樣的結果？」劉嘯看著丹尼洛夫，「你是個誠實的人，請不要撒謊！」

丹尼洛夫此時真想上去抽劉嘯幾個嘴巴子，可又不得不忍住，說到底，他和劉嘯往日無怨、近日無仇的，可他就是看不慣劉嘯這副口吻，一聽就忍不住火氣直往上竄。

丹尼洛夫乾脆往椅子裏一坐，扭過頭不看劉嘯，來了一個眼不見心不煩，「我認為大蜘蛛體系還沒有淪落到要裁汰的時候，至少目前還沒有！」

「哈哈！」劉嘯大笑，道：「前輩認為大蜘蛛體系不該裁汰，我也說大蜘蛛體系不能裁汰，大家都是一樣的觀點，憑什麼我說了就是不配做安全人，而你說了就是安全人呢？前輩未免有些太霸道了吧！」

劉嘯這一問，丹尼洛夫立時啞巴了，無言以對。其實說什麼話和是不是配做安全人，兩者之間根本就沒有絲毫的因果聯繫，劉嘯這不過是在狡辯罷了，不過他這麼一繞一詰問，丹尼洛夫反應不及，倒真被唬住了。

「好，不多說了，我告辭了！」又是半天沒人說話，劉嘯站在那裏有點尷尬，便再次提出告辭。

「你等等！」丹尼洛夫站起身，「劉先生，你是個擅於辯論的人，我說不過你！」

估計是這老頭子回過神來了，知道自己被劉嘯給耍了，「我也希望你能誠實地回答我一個問題！」

「您請問！」劉嘯抬了抬手。

「你真的認為大蜘蛛體系沒有裁汰的必要？」丹尼洛夫看著劉嘯，「你能不能說說你的理由！」

斯捷科的人看丹尼洛夫總算是冷靜了下來，趕緊過去，陪著笑臉，又把劉嘯推了回來。

劉嘯往椅子上一坐，咬了咬牙，沉眉道：「我沒有說謊，以大蜘蛛體系目前的運行狀況來看，她完全可以滿足俄羅斯關鍵網路的反病毒需求，世界上有許多國家的反病毒體系，甚至都還比不上這個使用了十五年之久的大蜘蛛體系。這是事實，我沒必要撒謊！」

「唔！」丹尼洛夫連連頜首，臉上終於露出了一絲難得的笑意，「劉先生對於安全界的情況瞭若指掌，你說的這點，我完全贊同！」

其他三人卻傻了，他們沒想到劉嘯倒反過來擁護丹尼洛夫了，這三人從來就沒見過這麼奇怪的事，你看我，我看你，甚至懷疑劉嘯的腦子壞了。

「如果是以是否能夠滿足俄羅斯網路的反病毒需求來作為判斷標準，那我完全贊成繼續使用大蜘蛛體系，一個成熟穩定富有效率的體系，才是關鍵網路所需要的，這和個人反病毒軟體有著很大的不同。」劉嘯繼續說著。

丹尼洛夫繼續點頭，就連其他三人，聽到劉嘯這麼富有道理的話，也差點就被說服了。

「但如果我是俄羅斯的資訊安全官員的話……呵呵！」劉嘯突然輕笑了兩聲，搖搖頭，然後道：「那我肯定會裁汰大蜘蛛體系，而且是一定要裁汰她，一刻都不會等！」

「呃！」劉嘯話鋒一轉，把其他幾人都給打矇了，這大蜘蛛體系是否要被裁汰，和誰來負責這事有關係嗎？

「能不能說說你的理由！」丹尼洛夫這次倒沒有盛氣凌人，而是真的虛心請教。

劉嘯呵呵笑著，「很簡單！大蜘蛛體系只要一日還在服役，就是俄羅斯資訊安全界的一塊招牌，這塊招牌很炫目，也很讓人值得驕傲，這也正是我必須要裁汰她的原因！」

丹尼洛夫有些不解，「為什麼？難道這樣有什麼不好嗎？就因為她是我們的驕傲？」

「對！」劉嘯點了點頭，「沉溺在昔日的光環裏，盲目地自豪和驕傲，就會讓人不思進取，不能做到與時俱進。十五年來，不管是互聯網技術，還是病毒技術，至少都經歷了三次革命性的變革，而且這種變革的速度是越來越快，大家都在變，都在賭下一次的變革會朝著什麼方向，而大蜘蛛體系卻絲毫沒有變！」

「不，她變了！」丹尼洛夫強調。

「她是變了，但她肯定不是主動變的，她是被病毒技術逼著改變的，如果不變，那她就會成為一堆垃圾！」劉嘯立刻反擊，這話一下命中重點，讓丹尼洛夫無話可說。

「大蜘蛛體系服役十五年而不被裁汰，這不應該是俄羅斯人的驕傲，而是恥辱！如果沒有大蜘蛛體系，我想俄羅斯可能會設計出一套更好的、更具有前瞻性的，但又同樣強壯穩健的反病毒體系。強壯穩健是大蜘蛛體系的優點，也是您丹尼洛夫前輩的強項，可這個優點和強項卻成為俄羅斯反病毒技術進步的桎梏和障礙，這難道不可悲嗎？」

劉嘯說完，發現沒有反應，扭頭去看，卻發現這四個人如同中了魔一般，一句話不說，就坐在那裏發愣，臉上一副癡癡傻傻的表情，不知道在想些什麼。會議室裏出奇地安靜，除了劉嘯的喘氣聲，就沒別的了，那四個人竟然大氣都不喘。

良久之後，隨著「呼」一聲，丹尼洛夫長長地出了一口氣，他緊緊看著劉嘯，「我向你道歉，你是一個真正的安全人，我很慚愧！」

丹尼洛夫說著，竟是站了起來，朝著劉嘯鞠了一躬。

劉嘯趕緊也站了起來，「言重了，我之前說前輩不是安全人，並不是有意詆毀，你這麼說，也讓我很慚愧！」

一旁的維卡上校也是朝劉嘯一個敬禮，「劉先生，你是外國人，但你今天能說出這番話，讓我非常地敬佩！」

劉嘯苦笑搖頭，「大蜘蛛體系真的很強，只是我覺得我們可以把事情做得更好一些罷了！」

「是啊，做得更好一些，更好一些……」丹尼洛夫反覆念叨著這句話，腦子又不知道想到哪裡去了。

「我們中國有句話，叫做『不怕做不到，只怕想不到』，說的也是這個道理！」劉嘯笑說，「以前我們國內曾有位權威專家，他提出要徹底解決僵屍網路，我當時還認為這不可行，是很可笑的事，但現在我不這麼看了。」

劉嘯說的便是上次電信和華維的研討會，讓劉嘯給搞砸了的那次，「因為我現在在做一件更可笑的事，我準備徹底解決病毒的傳播問題。」

「啊……」除了丹尼洛夫，其他三人都是張大了嘴巴，這個想法確實很荒誕。

「可能你們都知道，我們軟盟和微軟達成了一項合作，要推廣一個覆蓋全球網路的病毒救助平臺，這個平臺是面向個人用戶的。不過我們和微軟卻不是只有這麼一個合作項目，下一步，我們還會合作搞一個面向全球所有互聯網運行商的病毒控制平臺，屆時兩個平臺相互配合，一旦監測到局部網路出現病毒，我們就會迅速對其進行封鎖、然後剿滅。這個項目如果作成了，那病毒大面積傳播的事情，就可能永遠都不會再出現了。」

劉嘯說完，發現這幾人對自己的話竟然一點反應都沒有，也不知道他們是被這個想法給嚇住了，還是覺得這想法太過於荒謬，不好意思發表意見。

劉嘯有點尷尬，咳了咳，站起來道：「今天話有點多了，實在不好意思，那你們繼續，我就先告辭了。」

劉嘯又看著斯捷科的人，「還得麻煩你幫我安排一下回程的事，在這裏待了好幾天了，公司裏積了一大堆事情，我得回去了！」

說完，劉嘯微微一欠身，就出了會議室的門。

斯捷科的人看著劉嘯出了門，這才回過神來，急急忙忙丟下一句話，「你們繼續，我去送劉先生回酒店！」說完，也忙不迭地追劉嘯去了。

丹尼洛夫突然嘆了口氣，站了起來，「『不怕做不到，只怕想不到』，看來軟盟能夠迅速崛起，並不是偶然，怕是在未來的一段時間內，安全界都將是這個人的天下啊！」

丹尼洛夫突然變得有些黯然，一番唏噓，慢慢往門口踱去了。

維卡上校跟在他的身後，「上校，你看這大蜘蛛體系改造的事……」

「裁汰吧！一定要裁汰！」丹尼洛夫的態度突然變得異常堅決，「我們不能再等著誰來逼著我們走了，如果再有人反對，那你就告訴我，我來搞定！」

維卡上校不由鬆了口氣，心想只要你不反對就行，那些反對的人，還不是你給撐得腰嗎。不過他不敢說出來，只是跟在丹尼洛夫的身後，恭恭敬敬地把他送了出去。

劉嘯和斯捷科的人一走進酒店，旁邊休息區就有人跟了上來，「劉先生，請留步！」

劉嘯回頭去看，發現是博涅夫上校，不由一陣頭疼，這消息也太快了吧，自己剛剛調戲了丹尼洛夫，人家的徒弟就殺上門來了，估計是來找場子的，看來自己今天得有大難了。

劉嘯的眉頭沉了下來，「是博涅夫上校啊，你找我有事？」

博涅夫點了點頭，「我們到你房間去談！」

「就在這裏談吧！」劉嘯站住腳不挪窩，有斯捷科的人在場，想必博涅夫也不至於給自己多大的難堪，「就那邊吧！」劉嘯說著，就朝一邊的沙發區走去。

博涅夫趕緊追上兩步，湊到劉嘯耳邊，「還是上去談吧，是關於攻擊者的事情！」

「呃？」劉嘯一愣，敢情博涅夫不是來找場子的啊，我就說嘛，丹尼洛夫還不至於沒出息到要靠徒弟出來給自己找面子吧，劉嘯立刻來了陰轉晴，「好好好，我們上去談！」

劉嘯這一變化，倒讓博涅夫有些不適應了，這老毛子愣了片刻，才趕緊把斯捷科的人打發了，跟在劉嘯屁股後面上了樓。

「請坐！」劉嘯示意博涅夫隨意坐，他把自己的東西放好，然後回頭問道：「攻擊者的事情有線索了？」

「監測到一個情況，我覺得很有可能和攻擊的事情有關，所以過來向劉先生求證一下！」

「說說看，大家一起分析一下！」劉嘯說著，過去給博涅夫倒水。

「美國五角大廈網站以及空軍的官方網站被人駭了，到現在已經有十個小時了，還沒有恢復！」博涅夫說道。

「十個小時！」劉嘯大感意外，不應該啊，美國的軍方網站至少會有多路備份系統，而且是二十四小時有人監控，一旦被人入侵，恢復起來只需兩三分鐘而已，怎麼可能會十個小時都無法恢復呢。

劉嘯顧不上倒水了，急忙問道：「怎麼回事，你說詳細點！」

「十個小時前，這兩個網站被駭，首頁被人竄改，只有幾個字，叫做

『這只是一點小小的懲罰』！」博涅夫喉結鼓動兩下，看樣子是有些激動，「當時我們也沒注意，這兩個網站不是第一次被人駭了，我也認為很快就會恢復，可沒想到，一連十個小時，這兩個網站一直都是這個頁面，就好像美國人根本就沒發現一樣。可根據我們的情報，美國那邊早就翻了天，軍方網站被駭的事，已經有多家媒體開始跟蹤報導了！」

「你懷疑這跟Wind有關？」劉嘯問。他自己也有辦法讓被駭的網站一時無法恢復，但不可能維持這麼長時間，尤其是攻擊對象還是美國五角大廈，劉嘯自問自己連十分鐘都無法辦到，能夠十個小時讓對方無法恢復被駭的網站，普天之下，大概也只有Wind才能辦到吧。

博涅夫點了點頭，「我對此事進行了跟蹤，又陸陸續續從美國方面得到一些消息，綜合所有情況，我認為這是Wind幹的，很有可能是針對之前的冒名事件在進行報復和打擊。而打擊的對象，就是大名鼎鼎的一四〇部隊，因為只有一四〇部隊，才有穿過策略級體系的實力，而且很重要的一點，一四〇隸屬於美國空軍作戰部隊！」

「一四〇！」

這實在是太意外了，劉嘯的下巴差點給嚇得掉下來。這可是一四〇部隊啊，那個平均智商超過一四〇，號稱三個月就可以讓一個國家舉手投降的資訊作戰部隊，自己跟他們無怨無仇的，他們為什麼要把矛頭對準自己呢？

博涅夫很認真地點了點頭，「要不是劉先生提示，我還不會注意到美國方面的這些資訊。雖然沒有直接的證據，但根據目前得到的情報，我有八分的把握認定此事就是一四〇幹的！」

劉嘯站起來抓著頭，這次對手的來頭太大了，這可不是游兵散勇，更不是蝦兵蟹將，一四〇是這個世界上最專業的資訊化攻擊部隊，每個成員都可以獨當一面，這幫傢伙吃撐了想找誰麻煩，還真是沒轍。

劉嘯有些頭疼，看來自己的好運是走到頭了，這幾天先是惹下了Wind這個大麻煩，現在又是一四〇跑上門來找麻煩，真是衰到家了。

博涅夫有些不理解劉嘯的表情，在他看來，一四〇挑釁的是俄羅斯才對，自己都不著急，不知道這劉嘯是擔得哪門子心。

「劉先生！」博涅夫站了起來，準備告辭，「我就先回去了，如果有什麼後續的進展，我會及時通知你的。你放心，這事我們不會就這麼善罷甘休的！」

博涅夫特意加重了最後一句話的語氣，以示自己還沒把一四〇放在眼裏。劉嘯心裏苦笑，要是真這麼簡單就好了，但自己最擔心的是一四〇的真正目標並不在俄羅斯，而在軟盟。

「好！我送送你！」劉嘯這話也說不出口，只得強打精神，把博涅夫送出了酒店。

「看來得趕快回國準備才行了！」劉嘯站在酒店下面，半晌之後才轉身進了酒店，逕自去找了斯捷科的人，讓他在最短的時間內安排自己回海城。

第八章　不二人選

現在在丹尼洛夫心裏，只有軟盟，只有劉嘯，才是超越大蜘蛛體系的不二人選，要是軟盟不肯接手的話，那俄羅斯還不如繼續使用大蜘蛛體系呢。

「只要有錢賺，我們軟盟就有興趣做！」劉嘯肯定地點了點頭，心裏暗喜。

此時的美國，戰略司令部。

「還有誰有辦法？」一個白種美國人，身穿上校軍裝，在大廳裏走來走去，大聲詢問著。

大廳裏坐了三十多個人，所有的人都沒有出聲，大家對著各自面前的電腦，手上卻沒有任何動作，臉上的表情也很奇怪，有的是憤怒，有的是不解，有的是懊喪，有的則是無奈。

上校臉上也是無奈，他是這群人的頭，大廳裏的這三十多號人，是一四〇部隊中最頂尖的網路高手，現在所有人都已經使盡了渾身解數，可還是沒有辦法恢復五角大廈的網站。

萬事都會有個根源，可這次的事情偏偏就奇怪在這裏，完全不符合常理，網站的伺服器完全正常，沒有被竄改過的痕跡，功能變數名稱也沒有被劫持，可用戶打開五角大廈的網站後，顯示的卻不是伺服器上的內容。軍方甚至派人去查了DNS伺服器和互聯網伺服器，依然沒有任何線索，所有的人都束手無策。

上校在大廳裏踱了兩圈，然後一拳狠狠地砸在了柱子上，他就是那個宣稱只需三個月就可以讓一個國家繳械投降的人，現在沒有哪個國家的領袖向他投降，倒是他自己被別人繳了械，而且連對手是誰都不知道。如此驕傲的人，被人整到這份上，他心裏的鬱悶就可想而知了。

「啪！」大廳的門突然被推開，門口的衛兵就喊了一句，「龐瑟將軍到！」便有幾人走了進來。

當前一位走得是雄赳赳氣昂昂，顯得精神十足，眼神也非常銳利，大概有五十多歲，兩邊肩膀上各自抗了五顆星星，看來，他就是龐瑟將軍了，美國戰略司令部司令。

大廳裏的人迅速站了起來，朝龐瑟將軍敬禮。

龐瑟抬手還禮，然後道：「情報組的唐金上校有重要情報要通報！」

龐瑟聲音一落，他的身後便走出一個人，大聲道：

「根據我們情報組的消息和分析，此次入侵我五角大廈網站的攻擊者，很有可能是Wind機構！之前我們冒Wind之名對俄羅斯策略級防護體系進行滲透試驗的事，可能已經被Wind機構知道了，他們之所以發動這次入侵，目的就是在懲罰和警告我們。」

「這不可能！」之前大廳裏的那個上校立刻表示了質疑，「我們攻擊組的行動天衣無縫，根本沒有留下任何有價值的線索，沒有人能追查到我們的身上，你這是在懷疑我們攻擊組的能力！」

「我沒有懷疑！」唐金上校不冷不淡，「而是我從一開始就不看好你們。雷利上校，我早就奉勸過你，不要去招惹Wind，你們可以去做任何事，但就是不能和Wind扯到一起，這很危險。」

「唐金上校，請你注意你的身分，你是美國一四〇部隊的人，而不是Wind！」雷利上校本來就很鬱悶，現在看唐金一直在長Wind志氣滅自己威風，心裏就更是氣不打一處來。

「我很清楚我的身分！」唐金上校挺了挺胸，指著自己肩章上的軍銜，「但我也要請你注意，請不要質疑我們情報組的能力！」

「不要吵了！」龐瑟將軍終於開口了，「我們都是同一支部隊，是為了自由、為了美利堅才到了一起，那麼，在國家需要你們的時候，就應該一起來面對，而不是互相推諉和指責。這種情況，我以後不希望再看到！」

「是！」唐金和雷利一個立正，向龐瑟將軍保證著，但能看得出，誰也沒有消氣。

龐瑟將軍非常頭疼，一四〇部隊從職能上講，是一支資訊化作戰部隊，但裏面卻不全是網路高手，因為這支部隊還擔負著其他使命，並且戰略司令部對她的期望也很高，所以一四〇部隊裏有著好幾個部門，除了駭客外，這支部隊還集合了中情局、國家安全局、聯邦調查局以及其他部門的最頂尖專家，甚至還有一些盟國調來的電腦專家。

這些人個個都是天才，在其以前的工作部門裏也是獨當一面的人物，是精英中的精英，將這些精英召集到一塊容易，但要想把他們撮合成一個完美無瑕的整體，就實在是有些困難了。

龐瑟將軍忍住自己的脾氣，道：「我認為唐金上校的分析非常可信，雖然我們是世界上最強的資訊化攻擊部隊，但Wind機構能夠橫行網路多年，必定有他的過人之處，所以我們不能掉以輕心。這個世界上能夠讓我們都吃了癟的對手，雷利上校認為還有誰？」

雷利這次沒有吭聲，他雖然不願意承認輸給Wind，但輸給Wind總比輸給別人要好聽。

「唐金上校，既然你已經確認是Wind做的，那有什麼解決的辦法？」龐瑟看著唐金。

「最好的辦法，就是儘快取得和Wind的聯繫，把誤會解釋清楚！」唐金似乎知道雷利要反對這個提議，所以說完之後就轉頭看著雷利，不給雷利反對的機會，繼續說道：「我向上帝保證，這是為了美利堅！」

「好！」龐瑟將軍直接拍板，「這件事就由你去做，一個小時內，必須恢復五角大廈的網站！」

「是！將軍！」唐金接受了命令，但臉上看不出有任何欣喜的表情。

「雷利上校，接下來我們該怎麼做，你有什麼想法？」龐瑟又把目光轉向了雷利。

「針對策略級防禦體系的滲透試驗，絕對不能停止，我們還會繼續進行這方面的試驗，必要時還會加強試驗的頻率！」雷利的臉色很堅毅，看來他並不會因為這次的失敗而善罷甘休。

龐瑟將軍點了點頭，「是必須要繼續，這點你做得不錯，你沒有忘記我們這支部隊的使命。防禦只是給別人看的一個藉口，我們真正需要的是攻擊能力，要在未來資訊戰爭中擊垮一切敵人。所以，一切阻礙我們的東西都必須擊垮，徹底地擊垮！」

「是！」雷利總算是來了點精神，龐瑟將軍的話，給了他極強的動力和支持。

「但你的戰略必須要做一些調整！」龐瑟這是先給棗子再打棒子，「記住，今後不能再有任何可能和Wind導致衝突的行動！還有，與其去對各國的策略級體系進行滲透，不如直接攻擊其根本，只要策略級體系的根本沒了，所有的策略級體系就都會崩潰！」

雷利明白了龐瑟將軍的意思，他這是要自己去對軟盟下手。雷利覺得有些憋屈，自己是全世界最厲害的資訊化部隊的指揮官，自己的敵人，應該是那些軍事強國的資訊化部隊，而不是一個小小的安全機構，攻守雙方如此失衡，雷利一下覺得興趣索然。

「記住，這次不能再輕敵！」龐瑟將軍怎麼會看不出雷利心裏的想法，「他們能做出策略級體系，就說明他們有過人之處！」

「是！」雷利正了正神色，收起了自己的那份輕視之心。

「將軍！」旁邊的唐金突然請示道：「那Wind的事怎麼辦，就這麼算了？」

龐瑟將軍的眉目之間也露出一絲怒氣，不過最後還是忍住了，「Wind不過只是一個間諜機構罷了，他們胸無大志，不會對我們造成威脅，我們遲早要收拾他們，但不是現在，而是在收拾了軟盟之後！」

龐瑟將軍當年打造出這一支一四〇部隊，為的就是橫行網路，震懾一切敵人，沒想到現在卻只是賺了幾個噱頭罷了，且不論那高深莫測的Wind機構，就是眼前這個不起眼的軟盟，他們的策略級體系就已經把一四〇的攻擊火力扼殺殆盡了，所以軟盟的策略級必須去死。

「我明白了！」唐金點著頭，「但我有一個懷疑，還希望將軍能夠注意！」

「你說！」龐瑟看著唐金，他對於唐金的情報還是非常滿意的，唐金在這支部隊裏，算得上是最冷靜的一個人了。

唐金的語氣非常慎重，「將軍，此次我們只不過是冒用了Wind的名，他們就立刻跟地球上最強大的軍事力量叫板，一點都不懼怕，囂張至極；可軟盟在世界資訊安全高峰會上直接向Wind叫板，無視Wind的威風，但Wind卻無動於衷，這非常難以理解……」

「你的意思是？」龐瑟有點明白了。

「我懷疑Wind和軟盟私底下有關聯！」唐金看著龐瑟，「或者說，他們根本就是蛇鼠一窩！」

龐瑟微微頷首，唐金所說的這個顧慮並非沒有可能。

「法國人企圖依靠軟盟來消滅Wind，這有點可笑，就是世界上所有的安全機構加到一起，也都還比不上我們，何況是Wind！但如果Wind真要和軟盟是一起的，那我們對軟盟下手的時候，就必須得慎重考慮一下了！」唐金把自己的意思說了出來。

「雷利！」龐瑟將軍轉身看著雷利，想聽聽他的看法。

「將軍，您放心！我知道該怎麼做了！」雷利顯然是胸有成竹，「我會安排好一切的！」

「那就分頭去忙吧！」龐瑟將軍看雷利的表情，鬆了口氣，「為了自由，為了美利堅！」龐瑟將軍用自己的口頭禪激勵著下屬。

「為了自由！為了美利堅！」雷利和唐金齊刷刷立正，大聲把這口號喊了一遍，然後分頭去忙了。

斯捷科的人很快幫劉嘯安排好了回國的機票，劉嘯收拾好東西，就跟著斯捷科的人直奔機場。斯捷科的人倒還真的是有些手段，搞了一張特別通行證，兩人沒經過安檢，直接進入了候機休息區。

斯捷科的人看看時間還有半個多小時，便道：「我們先在旁邊咖啡廳喝點東西，一會兒我親自送你登機！」

「好，麻煩你了！」劉嘯把手裏的行李箱交給斯捷科的人，「你先進去，我去一下洗手間！」

「好！」斯捷科的人拖著劉嘯的箱子進了咖啡廳。

劉嘯老遠瞅見洗手間的標誌，進去之後，劉嘯突然發現前面有個背影很熟悉，不禁有些納悶，因為他記不起自己在俄羅斯還有什麼熟人。

湊到小便池前，劉嘯往那人側身一看，突然一凜，反應過來，這不就是那個鼓搗ＡＴＭ櫃員機的駭客嗎？

那老外尿完，正準備拉拉鍊時，一轉身剛好碰上劉嘯的目光，不禁一呆，連拉拉鍊的動作都給忘了。

「真巧啊！」劉嘯習慣性地用中文咕噥了一句，看那老外還愣著，便又用英語咕噥了一遍。

「巧！巧！巧！」那老外這才回過神來，忙不迭地把拉鍊拉了起來，然後就跟上次一樣，逃也似地出了洗手間。

劉嘯搖搖頭，洗了手，便朝咖啡屋走去。走到咖啡屋門口，劉嘯又看見了那老外駭客，他正坐在休息區，而且是飛往海城的航班休息區。

「不會吧，這老外難道準備去禍害海城的ＡＴＭ櫃員機嗎？」劉嘯心裏覺得有些好笑。

那老外駭客發現劉嘯站在那裏不動，就是看著自己，不禁有些緊張，猶豫片刻之後站了起來，準備背起包換個位置。

劉嘯一看，便趕緊指了指那航班的牌子，意思就是自己也是去海城的。

老外駭客一看便明白了，不由大大鬆了口氣，把自己的背包又扔回到地上，此時再看劉嘯的表情，老外駭客也是覺得好笑，不禁露出一排大白牙。

劉嘯走過去兩步，來到老外駭客旁邊，「真巧，你也去海城嗎？」

「是！」老外駭客點了點頭，「你是海城人？」

「算是吧！」劉嘯笑著點頭，便坐在了老外駭客旁邊，他對這個老外駭客去海城的意圖有些好奇。

「你也懂駭客吧？」老外駭客問完，突然又搖著頭，「你一定懂駭客，那天我就是太緊張了，結果就上了你的當！」

「懂一點點！」劉嘯笑著，「你技術不錯，我那天也是頭一次看見那種入侵方式，很有意思，很特別！」

「我叫維克多！」老外駭客伸出手，「很高興認識你！」

「我叫劉嘯！」劉嘯也伸出手，「到海城之後，如果有需要幫忙的地方，可以聯繫我！」

「那太好了！」維克多一聽高興了起來，「我的中文太差了，第一次去中國，正想認識一位中國的朋友呢！」

「維克多先生到海城是去做什麼？有沒有打算？」劉嘯問。

「我是去找工作！」維克多笑說：「我聽說軟盟在海城，我想去軟盟碰碰運氣！」

劉嘯大大意外，沒想到軟盟竟然還能引起俄羅斯駭客的關注，「你沒有跟軟盟聯繫嗎？比如說先打個電話，或者發個求職信？」

「聯繫過了！」維克多神情突然有些索然，「他們說還在招人，但目前不招外國人！我無法理解，軟盟是個世界級的企業，為什麼卻這麼排斥外國人！」

劉嘯呵呵笑著，這規矩是劉嘯定的，他倒不是排斥外國人，而是認為目前沒有必要招外國高手進來，軟盟穩定下來沒幾天，企業文化也剛剛形成氛圍，所以他不希望有外來的駭客文化進入軟盟。

「既然他們都已經拒絕了你，那你這是……」劉嘯看著維克多。

「我想那是因為他們沒有見到我的技術，我要讓他們親眼看一看我的技術，我相信他們會改變決定的！」維克多的語氣裏充滿了固執。

「世界上的安全機構很多，你為什麼非要選擇軟盟？」劉嘯問道。

「我關注這個機構很久了，從他們提出策略級這個概念起，我就知道這個企業會大有可為，我希望到這樣富有創意的企業裏去工作！」維克多說著。

劉嘯搖了搖頭，看來要勸維克多回頭是很難了，劉嘯正想著還要不要勸呢，那邊斯捷科的人走了過來，湊到劉嘯耳邊低聲道：「丹尼洛夫來了，他有幾句話想跟劉先生說！」

劉嘯只得站了起來，從口袋裏掏出一張名片，遞給了維克多。

「我剛好和軟盟的人認識，這是我的名片，到了海城之後，你拿我的名片去軟盟。我相信他們會給你一個機會，但能不能留在軟盟，就得看你自己了！如果你有什麼困難，也可以撥上面的號碼聯繫我，我會幫你的，但有一點我必須要提醒你，不要去碰中國的ＡＴＭ，否則後果會非常嚴重！」

劉嘯說完，便跟著斯捷科的人匆匆進了咖啡廳。

丹尼洛夫看見劉嘯進來，立即站了起來，主動伸出手，今天他沒有穿軍裝，外面是一件寬大的風衣，手邊還有一頂皮帽。

「前輩你好！」劉嘯快走幾步，「再次見到你，非常高興。」

「我也一樣，年輕人！」丹尼洛夫笑了笑，然後一擺手，「劉先生請坐吧，我知道你離起飛還有一點時間呢。」

「前輩追到這裏，一定是有事吧！」劉嘯順勢坐了下去，眼睛盯著丹尼洛夫。

「我想問劉先生一個問題，如果我們真的決定要裁撤大蜘蛛體系，軟盟有沒有興趣來做這個項目呢？」丹尼洛夫問道。

他被劉嘯那天的話給唬住了，有點摸不準劉嘯的意思，所以親自追過來確認一下，免得到時候自己這邊真的裁撤了，而軟盟卻又不接手了，那俄羅斯關鍵網路的反病毒工作就會頓時癱瘓。

現在在丹尼洛夫心裏，只有軟盟，只有劉嘯，才是超越大蜘蛛體系的不二人選，別的人根本入不得丹尼洛夫的法眼，要是軟盟不肯接手的話，那俄羅斯還不如繼續使用大蜘蛛體系呢。

「只要有錢賺，我們軟盟就有興趣做！」劉嘯肯定地點了點頭，心裏暗喜。

丹尼洛夫也鬆了口氣，「當然，我們是不會虧待軟盟的！」

「這麼說，俄羅斯裁撤大蜘蛛體系已成定局？」劉嘯問著。

「不出意外的話，很快就能通過決議！」丹尼洛夫很認真地看著劉嘯，「劉先生是我見過最有見識的安全人，我希望這個項目由你來做！」

劉嘯笑了起來，「這不是我說要做就能做的，這得由俄羅斯官方來決定，不過我們會盡最大努力去爭取，賺錢的機會我們不會輕易放過。」

「俄羅斯這邊，我會幫你搞定的，只要你們有把握超越大蜘蛛體系！」丹尼洛夫眼裏透出凌厲的光，顯得非常堅決。

劉嘯非常意外，他沒想到自己那天那麼囂張，丹尼洛夫反而會倒過來幫助軟盟，如果這其中沒有圈套的話，那就只能說明丹尼洛夫的胸懷十分寬廣大度。

劉嘯笑了笑，心裏暗想自己在氣度這方面還真的是不如丹尼洛夫，不過自己也用不著講氣度，如果自己講氣度的話，或許軟盟早就被人吃掉了。

「前輩如此看得起軟盟，那我們肯定會盡全部的力量來做好這個項目，這個我可以向你保證！」

「我相信劉先生的品格，只是我有一個要求，如果你能答應，我可以保證這個項目肯定會是由軟盟來做！」丹尼洛夫嘴角露出一絲笑意，他覺得劉嘯一定會答應自己的要求。

「前輩先說出要求吧！」

「大蜘蛛體系的改造事關俄羅斯今後的網路安全，重要性非同小可，所以我要求我們的人必須全程參與，要知道項目的每一個環節是如何完成的，劉先生能答應嗎？」丹尼洛夫盯著劉嘯，等著他的答覆。

劉嘯微微一愣，丹尼洛夫這話的意思，是讓軟盟必須全盤對俄方公開項目的細節，也包括技術核心在內。

這讓劉嘯有點猶豫，技術型企業的生存根本，就是技術核心，如果把技術核心公之於眾，那麼這個企業肯定就沒得玩了。

想了想，劉嘯搖頭道：「如果是這個要求的話，我不能答應。看來我們是沒有合作的可能了，太遺憾了！」

丹尼洛夫有些失望，他提這個要求，一是為了國家的安全，只要軟盟肯公開細節，那自己就還能為俄羅斯的網路安全再把把關，最後一次出把力；第二呢，他還是有些私心的，他希望俄羅斯安全界的這些後進之輩們，能夠在此次的項目中學習到軟盟那樣先進的技術和理念。

「劉先生不再考慮一下嗎？」丹尼洛夫繼續試著說服劉嘯，「能夠為俄羅斯這樣的科技強國設計一套國家反病毒體系，這不是每個安全機構都能有的機會，只要接下這個項目，那軟盟的地位就會得到極大的提高！」

劉嘯還是搖頭，笑說：「我們沒想過要得到什麼樣的地位！前輩的顧慮我能理解，你的這個要求按理說並不過分。」

確實不過分，劉嘯當時在張氏的時候，還曾向ＯＴＥ索要過全部的代碼，也正是那份代碼，才啟發了後來的策略級產品，不過也正是因為如此，劉嘯才不敢答應丹尼洛夫的要求。因為軟盟不是ＯＴＥ，ＯＴＥ敢把代碼大大方方交給自己，是因為他們手裡還有更核心更先進的技術，他們隨時可以對競爭對手形成技術壓制，而軟盟現在還沒有做到這點，一旦把核心技術交給別人，那軟盟僅有的一點優勢也就會拱手送人。

「沒有關係，這次合作不成，還有下次，我還是非常期待能夠和前輩合作的！」劉嘯再次回絕了丹尼洛夫。

丹尼洛夫無奈地搖了搖頭，「劉先生不必這麼急著做出答覆，你可以回去慢慢考慮，我會等你改變主意的！」

丹尼洛夫說完，從口袋裡掏出一本便條本，撕下一張，在上面工整地寫下了一個號碼，「如果劉先生改變主意，就撥我的號碼！」

劉嘯沒接，直接把那紙條推了回去，「不必了，我不會改變主意的！」說完，劉嘯從自己口袋裡掏出名片，一併推到了丹尼洛夫跟前，「如果前輩能收回這個要求的話，可以隨時聯繫我，也可以讓斯捷科傳話給我。我說過了，我是非常願意能夠和前輩合作的！」

丹尼洛夫，包括斯捷科的人，都沒想到劉嘯會是這麼堅決的一個人，為了徹底斷絕對方的念頭，竟是連電話號碼也不肯收。丹尼洛夫一時尷尬非常，不知道要說些什麼。

劉嘯看看時間，就要登機了，便站了起來，道：「時間差不多了，我也該登機了，非常感謝貴方這段時間對我的照顧，希望還有再見的機會。」

斯捷科的人看丹尼洛夫下不了台，於是打著圓場，「不著急，不著急，還有一點時間，劉先生可以再多坐一會！」

劉嘯明白他的意思，也不好做得太絕，便又坐了下去，看大家都不說話，劉嘯只好找著話題，道：「如果你們不著急的話，或許我們可以以另外一種形式合作。」

「劉先生請說！」斯捷科的人急忙問道，他竟比丹尼洛夫還要著急。

「我們軟盟也準備打造一套國家級的網路安全體系，這套體系包括了反入侵、反病毒、訊息安全等多個方面，屆時我們可能會將這套體系全套或者分拆出售。」劉嘯笑說：「如果那時我們做出的反病毒體系能讓你們滿意，你們就可以考慮直接採購使用，這樣研發的費用和時間都可以省了！」

丹尼洛夫終於有了一塊台階下，只好把自己的那張紙和劉嘯的名片一起收了，道：「好，我會非常慎重地考慮劉先生的提議！」

尷尬局面打破，眾人之間的氣氛也就緩和了，斯捷科的人趁機又撮合了一下，丹尼洛夫的臉色終於是恢復了正常。

三人隨便聊著，只是斯捷科的人有意無意問了幾個問題，都是和劉嘯嘴裡的那套國家級安全體系有關的。在所有代理軟盟策略級產品的企業中，斯捷科是唯一一個真正賺到了錢的，而且是大賺，他們嘗到了甜頭，現在一聽說軟盟要有新的項目，自然就上了心，想看看有沒有機會再賺上一筆。

劉嘯一回到軟盟，李易成第一時間就找上門來，他一直在等著劉嘯回來。

「來，趕緊幫我看看，把把關，提點意見！」還沒容劉嘯喝口水，李易成劈頭蓋臉就往劉嘯的桌子上砸了一大堆文件。

「這都是什麼啊？」劉嘯看著那堆文件直頭疼。

「都是我寫的，是關於海城反病毒體系的設計想法和理念，只是個草稿，你先看看可行不可行。」李易成往沙發一坐，那意思就是我就坐在這裡等你答覆。

劉嘯的腦袋瓜都快疼死了，這李易成也太心急了吧，就這麼幾天的工夫，竟然能整出這麼一大堆東西來，不過自己卻沒有本事在短時間內把這堆東西看完，更別提什麼意見了。劉嘯忙打著太極。

「好好，這些東西我都收下了，我看完後就給你答覆。這事先不急，我先給你說說我的俄羅斯之行！」

「哦！」李易成拍著腦門，「我一著急，把這事都忘了！怎麼樣？俄羅斯之行還順利吧，有沒有什麼收穫？」

「收穫不小！」劉嘯笑說，「丹尼洛夫親自跳出來，要求堅決裁撤大蜘蛛體系，而且是徹底裁汰！」

「哦？」李易成大為驚訝，「徹底裁汰？不是換核心而已？」

「丹尼洛夫在俄羅斯安全界威望極高，之前他堅決反對裁汰大蜘蛛體系，俄國政府的安全官員沒辦法，只好採取平和的方式，只給大蜘蛛體系更換更為先進的反病毒技術核心，可現在丹尼洛夫想通了，反對的力量突然沒有了，所以徹底裁汰就成了必然！」劉嘯笑說。

「太好了！」李易成搓著手，「看你這意思，你是不是把這個項目給爭取了過來？」

李易成從沙發上跳了起來，過來一搥劉嘯肩膀，「我就知道，你小子出馬，肯定行！」

劉嘯苦笑，揉了揉肩膀，「丹尼洛夫想把這個項目交給我們來做，但被我拒絕了！」

「拒絕了?!」李易成盯著劉嘯，下巴快掉到了地上，「不會吧，這麼好的機會，丹尼洛夫都同意了，你為什麼要拒絕啊！要是拿下這個項目，那我們就可以……」

「丹尼洛夫有條件，他要求我們必須把所有製造環節對俄方公開。」劉嘯看著李易成，「如果你願意把你那主動防禦的核心機密交給俄羅斯人，那我現在就通知丹尼洛夫，說我們改主意了！」

「改？」李易成連連擺手，「不能改，要是我們真把核心交給俄羅斯人，就算我能答應，微軟也不能答應，微軟為什麼要選擇和我們合作，憑的就是我們手上有業界最成熟的主動防禦核心，打死也不能交出去！」

「這事可有可無，就算丟了俄羅斯的項目，我們還有海城的項目。」劉嘯皺著眉，「我真正擔心的是別的，如果我所料不差的話，我們這次有大麻煩了！」

「你還有害怕的事麼？」李易成反問道，「什麼大麻煩，說說看！」

劉嘯搖了搖頭，「這只是個猜測，現在告訴你，徒增煩惱而已，我會提前做一些防禦性的措施，最好是我猜錯了！」

李易成最煩這種說話只說一半的，「那你自己慢慢猜吧，我先走了，記得！」李易成指著桌上的東西，「看完一定給我答覆！」

「好好，我記得了！」劉嘯趕緊起身，把李易成推出了辦公室，自己得趕緊想想事情要從哪裡入手，有李易成在一旁聒噪，自己什麼思路也沒有。

把李易成送走，劉嘯坐在辦公室裡想了很久，想為什麼一四〇部隊會把矛頭指向軟盟；如果自己是一四〇，那麼在俄羅斯的行動失敗後，自己下一步要怎麼辦；如果能對軟盟造成一擊致命的效果，那麼這個攻擊點會在哪裡？

第九章　勾魂索

馮市長這下震驚了，網路襲擊已經成為自己政治生命的一道勾魂索，是自己政績中的一大污點和敗筆。原本以為自己差點要提前退休了呢，沒想到上級非但不怪罪自己，反而是更加地信任有加，繼續支持自己搞網路安全改革。

此時的方國坤也剛剛得知劉嘯已經返回了海城。

「我們的人對劉嘯此次俄羅斯之行進行了全程追蹤，劉嘯此次俄羅斯之行總共八天，第三天，他參觀了俄羅斯大蜘蛛國家反病毒中心，接待他的是博涅夫上校，此人是丹尼洛夫的高徒，大蜘蛛體系的現任最高長官。」小吳做著匯報。

「繼續說！」方國坤看著手上匯總過來的各方面訊息。

「第七天，劉嘯進入俄羅斯國家信息安全中心的大樓，他準備說服俄羅斯把大蜘蛛體系的改造工作交給軟盟去做。十分鐘後，丹尼洛夫也進入這棟大樓。丹尼洛夫是堅決反對裁撤大蜘蛛體系的，是此次大蜘蛛體系改造的最大阻力。」

小吳此時露出費解的表情，「丹尼洛夫進入大樓後不久，劉嘯便走了出來，俄羅斯並沒有任何人出來送，根據這個情況判斷，劉嘯此次的說服計劃應該是失敗了！可奇怪的是，丹尼洛夫隨後走出大樓的時候，表情看起來更為失落，絲毫沒有勝利之色，倒是俄羅斯兩位負責此次改造的安全官員有些喜形於色。」

大屏幕上顯示出每個人走出那棟大樓時的表情，贏的不像贏的，輸的也不像是輸的，很詭異。

「劉嘯回到酒店之後，博涅夫進入了劉嘯的房間，兩人之間的談話內容不詳，不過劉嘯隨即就決定啟程回國。在機場的休息區，丹尼洛夫突然出現，與劉嘯聊了十多分鐘，談話內容不知，不過雙方似乎有爭執。」小吳說完，看了看方國坤，「報告完了！」

「嗯！」方國坤點了點頭，放下手裡的東西，「現在問題的焦點，在於博涅夫跟劉嘯說了些什麼，也就是劉嘯會突然啟程回國的原因。劉嘯是個一旦抽刀出鞘，必定見血的人，以前他從未做過半途而廢的事情，現在俄羅斯和軟盟都沒有發表公開性的東西來說明大蜘蛛體系的最後命運，那就是說，劉嘯並沒有說服俄羅斯，他失敗了。那他為什麼會選擇回國，而不是繼續努力呢？」

會場的幾個人都沒說話，他們也猜測不出其中的原因。

「我們不妨換一個思路！」方國坤分析著，「假如劉嘯此次俄羅斯之行的真正目的並不在大蜘蛛體系上，那他的突然回國，就可以解釋得通了。因為他有別的目的，而且他已經達到了自己的目的，所以他一刻也不停留，直接回國了！」

方國坤把手裡的兩份文件放在一起，然後敲了敲桌子，不住點頭道：

「這是一份剛得到和Wind有關的消息，十多天前，俄羅斯的策略級體系被人刺穿，攻擊者留言聲稱是Wind。我把這條消息和劉嘯最近的行為做了一個對照，我覺得有一種可能：劉嘯此次去俄羅斯的真正目的，很有可能是去調查策略級被刺穿的事。」

「有這事？」小吳有些愕然，這是他第一次聽到策略級體系被刺穿的消息，「這不可能是Wind幹的，他們沒有留名習慣，就算留了，也不可能讓人看到！」

「問題就在這裡了！」方國坤讚許地看了看小吳，「既然對方並不是Wind，那會是誰？他的目的又何在？我想，劉嘯已經得到了這個答案，所以才會急匆匆回國。」

這就是方國坤這個機構的高明之處，別的情報部門都是對事，但世界上每天發生的事實在是太多了，想要從中找出自己需要的信息無異於大海撈針，這也是很多情報部門後知後覺，效率低下的原因所在；而方國坤這個機構則是對人，世上所有的事，都是人來做的，而能夠左右事態發展的，就只有極少數的人了，只要將這些可以左右格局的人置於自己的監控之下，那往往就能提綱挈領、事半功倍！

方國坤他們的工作，就是從錯綜複雜、盤根錯節的事情裡，尋找那些具有決定性作用的焦點人物，然後通過對這些焦點人物的追蹤，得到最準確的情報和預測，為國家決策提供參考依據。

小吳極度鬱悶，這個劉嘯每次總是走在自己的前面，這讓他這個情報人很是尷尬，自己是專門負責研究Wind和劉嘯的，而現在，劉嘯已經弄清楚了假冒Wind的真相，自己卻才剛剛得到假冒Wind的事情發生，這中間的差距實在是太大了。

方國坤看出了小吳的神色，道：

「劉嘯是安全界的人，對於安全界的事，他們這種圈內人，在消息獲取方面本來就比我們快捷不少，但我們的優勢卻在於全盤的掌控！我們現在就來分析一下這個假冒Wind的人會是誰。小吳，你先說說看！」

小吳一咬牙，沉思片刻，道：

「前兩天美國五角大廈網站被駭，十多個時候無法恢復，當時我便懷疑這是Wind幹的，只是找不到理由，不曉得他們為什麼要這麼做。如果把這兩件事弄到一塊分析的話，那就很明白了，一定是美國方面假冒Wind襲擊了俄羅斯網路，此事被Wind獲知後，Wind對美國方面進行了警告！」

方國坤呵呵笑了起來，不住點頭，「我也是這個想法，那現在的問題就簡單了，第一，找出真正的攻擊者是誰；第二，他們的目的是什麼，接下來會怎麼做。」

「這好辦！」小吳立刻站了起來，「美國方面的信息作戰部隊就那麼幾支，我去查一查，應該可以找出真正的攻擊者。但他們接下來會怎麼做，我們就沒有辦法獲知了！」

「其實也簡單！」方國坤依舊一臉笑意，「我們只要看住劉嘯，就知道對方下一步要怎麼做！」

小吳一拍腦袋，「頭，我這就去安排！」

劉嘯此時也突然想到了軟盟目前最大的軟肋在哪裡，他從辦公室出來，就直奔海城市府去了。他猜，如果一四○的真正目標是軟盟的話，那麼下一步，他們很有可能會把攻擊的重點放在海城市政府多梯次防禦體系上。海城市府的項目事關整個城市的安全，涉及上千萬人的利益，一四○要是拿這個來打擊軟盟，一旦出事，那麼軟盟甚至都無法在海城立足了。

馮市長正在辦公室收拾東西，準備下班呢，忽然秘書來報，說是劉嘯有急事，直接找到市府來。馮市長不得不放下手裏的東西，「請他進來！」

「我聽說你去了俄羅斯，這麼快就回來了？」馮市長看見劉嘯進來，笑呵呵站起來，示意劉嘯隨便坐。

「剛回來！」劉嘯也不客氣，直接坐下。市長秘書給他倒了杯水，就出去了。

「這麼著急來找我，有什麼事？」馮市長問道。

「是關於市府網路安全改造的事！」劉嘯不好說這只是個推測，於是道：「我收到一些消息，最近可能會有人暗中阻擾和破壞咱們這個項目的實施，所以我過來和市長通通氣，希望市裏最近一定要做好網路的安全防範工作，安全事故隨時都有可能會發生。」

市長一聽就變了臉，在屋子裏來回踱了兩圈，「你當時不是保證不會出安全事故的嗎？這怎麼項目還沒開始，安全事故就要來了呢？」

馮市長現在一聽網路安全事故就有些頭皮發麻，這一年來接二連三的網路襲擊全出現在海城，自己成了一個大笑話不說，還遭到了各方面的質疑，政治前途是搖搖欲墜，如果再出事，自己大概就會被提前退休了吧。

這事又怎麼能對市長解釋清楚呢，劉嘯有些頭疼，道：

「安全問題不光是來自於項目本身，還來自於各方面，我們軟盟可以保證自己的項目實施不會對海城網路造成大的影響，卻無法保證別人不來攻擊海城的網路。現在軟盟會提前進入項目的安全保障期，這兩天就派安全專家進駐市裏所有關鍵網路的防護環節，希望市長能讓相關部門提前做好佈署，以方便我們的專家在最短時間內到位。」

馮市長很生氣，一拍桌子，「你說，是誰要來破壞我們的項目，又是誰要阻擾我們的項目？」

劉嘯苦笑著搖頭，「如果我說是美國，馮市長會相信嗎？」

馮市長一愣，隨即搖頭，道：「你不要開這種無聊的玩笑，這怎麼可能，我們的項目和他們有什麼關係，毫無利害衝突，他們為什麼要來破壞我們的項目？」

馮市長顯然是不信。也是，換了任何一個人，都不會相信的。

劉嘯總不能說美國攻擊海城網路的真正目標並不在海城，而是要打壓軟盟，這樣說出去，馮市長更不會相信了，美國是吃撐了麼，要去和一個小企業較勁?!

「反正我們的項目很快就要啟動，把項目前的安全工作做得更扎實一些，並無什麼不可。」

「你先回去吧，這事我考慮一下，等安排好了就通知你！」

馮市長不耐煩地擺了擺手，他本以為劉嘯這麼急著趕來，肯定是有什麼大事呢，原來是這番莫名其妙的說詞。

馮市長現在都有些懷疑劉嘯這次來是懷有什麼目的了，怎麼去了個俄羅斯，整個人都變得不正常了呢，或者說劉嘯這傢伙是受了什麼刺激，真是什麼話都敢講，連美國都搬了出來，你乾脆把聯合國也搬出來算了！

劉嘯不提美國，市長或許還會答應，現在卻是能答應也不答應了，這不是拿市長當猴耍嗎。

馮市長一拂袖，下班去了，秘書就把劉嘯送出了市府大門。

劉嘯有些後悔，自己太著急了，有些事情是不能亂說的，連開玩笑也不行，這下可好，馮市長惱怒而去，事情怕是有些不妙了。

「唉……」劉嘯嘆了口氣，「明天再來吧！」

馮市長回家，一路在車上都還在琢磨劉嘯今天的來意，左思右想，都想不明白劉嘯這是哪根筋搭錯了，好端端的扯這麼大一個「安全事故」出來。

回到家，馮市長稍微洗漱，休息了一下，就準備吃晚飯。剛坐到飯桌前，電話響了，保姆接起來一聽，道：「市長，是孫秘書打來的，說是有急事！」

市長一聽就皺眉，很不滿，「急事，急事，都說是自己有急事，連口飯也不讓人吃了嗎！」

市長雖然不高興，但還是走過來接起了電話，「小孫，什麼事情這麼著急，還直接打到了家裏？」

「上級有一份文件，是下班之後才送到市府的，是急件，上面要求您在十二小時內必須做出處理！」小孫語氣也是非常抱歉，「所以我就打了這個電話，沒打攪到您吧？」

「先說說文件都有些什麼事？」馮市長又不是頭一次碰到這種情況。

「上面要求我們在最近的一段時間內，加強對市府網路的安全措施，做好防範，確保我市不因為受網路攻擊而發生重大事故，遭受重大損失。」小孫趕緊把文件的重點講了下。

「咦？」馮市長不由有些詫異，這是什麼意思呢？要是換了平時，他會以為上面要自己加強戒備，是在讓你反思，吸取以前事故的教訓，然後不要再犯同樣的錯誤。可此時他卻不得不重新揣摩這份文件的內容，因為下午劉嘯匆匆來找自己，也是因為這事，為什麼劉嘯的說法竟然和上級的指示完全一致，這中間會不會有什麼關聯？

「嗯……，文件裏還說了什麼沒有？」

「中央已經把這次我們和軟盟合作搞的市府網路安全改造項目，定為重點工程和試點工程，要求我們不管有多大困難，也要把這個項目搞好，為將來其他城市的網路安全改造鋪好路子，積累經驗！」

馮市長這下震驚了，太不可思議了，就因為海城出過兩次網路襲擊，搞得自己在上級面前沒底氣，在同僚面前沒面子，網路襲擊已經成為自己政治生命的一道勾魂索，是自己政績中的一大污點和敗筆。原本以為自己差點要提前退休了呢，沒想到上級非但不怪罪自己，反而是更加地信任有加，繼續支持自己搞網路安全改革。

馮市長一時間覺得渾身充滿了力量，自己這次要是還幹不出個樣子來，直接找根柱子撞死算了。

馮市長掛了電話，拉開門就往外面走，急得市長夫人直喊：「老馮，你幹啥去，吃完飯再出去吧！」

「不吃了，你自己吃吧，有點急事，我得回市府處理一下！」馮市長一擺手就出了門，等市長夫人追出來，連個影子都沒了。

劉嘯第二天從床上爬起來，洗漱完畢，琢磨著自己是去公司，還是去市府繼續說服市長，抉擇半天，劉嘯給商越打了個電話，讓她著手開始調派人手，做好去市府網路的準備，然後自己又去了市府。

市長的辦公室，劉嘯是熟得不能再熟了，進了市府大門，直接就摸到了市長辦公室門口，正好看見市長秘書，於是喊道：「孫秘書，早！市長在嗎？我找市長有急事！」

「咦？」孫秘書看見劉嘯，像是被嚇了一跳，急道：「你怎麼在這？馮市長一大早就去你們公司了啊！」

劉嘯同樣被嚇了一跳，「馮市長去我們公司了？」

「是！」孫秘書肯定地說，「市長說是要請你過來，給市裡佈署一下網路安全防護方面的安排。這不，你看！」

孫秘書把自己手裡的日程表往劉嘯跟前一遞，「我正要通知有關方面的人來市府開會，會議安排在九點半，馮市長親自主持，市長說你是安全專家，由你負責他最放心，所以一大早去你們公司找你了！」

「不是！這……」劉嘯丈二和尚摸不著頭腦，這到底怎麼回事啊，昨天自己來找市長，他是拂袖而去，怎麼睡了一覺起來，他倒比自己還要積極了。

孫秘書沒明白劉嘯的意思，「你看這事鬧的，我還得趕緊給市長打個電話，讓他別白跑了！」

「算了！」劉嘯一擺手，「還是我回公司吧，總不能我站在這不動，讓馮市長跑來跑去吧！」

「這樣也好！」孫秘書一想也對，便道：「九點半，別記錯了，市裡好多負責人還等著呢！」

「曉得曉得！」劉嘯趕緊應了，轉身又奔回公司去了。

來到公司，劉嘯看見業務主管正陪著市長在辦公區參觀，也不知道說了些什麼，逗得市長興致很高，不時問東問西的，劉嘯不由鬆了口氣。劉嘯哪裡知道，市長這是人逢喜事精神爽，現在不管說什麼，市長都會高興，這一年來一直折磨著他的那塊心病終於是沒了。

「馮市長！」劉嘯趕緊走過去，「我一大早去市府找你，碰到孫秘書，說你來了這裡，就趕緊又趕了回來，以後您有事，找人吩咐一聲就是了。」

「下次可以，但這次絕對不行！」市長一臉的堅持，「昨天下午我態度不好，你不要生氣，那不是針對你的，而是工作上的煩心事。」

「哪裡，哪裡！」劉嘯趕緊抬手，「走，咱們辦公室坐！」

「不坐了！」市長一擺手，「既然你見過孫秘書，我今天的來意你肯定也清楚了，正事要緊！」

「那去會議室吧！」劉嘯說道，「我再把公司的幾位安全專家叫來，趁著你那邊會議還沒開始，咱們先商量個大概的措施來！」

「好，這樣最好！」馮市長微笑頷首，「那我今天就虛心請教，市府網路的安全工作，就拜託你們了！」

「市長客氣了！」劉嘯一邊陪著市長往會議室去，一邊吩咐業務主管去通知商越，把公司最好的安全專家都叫到會議室開會。

九點半，市府會議室，網路安全佈署會議準時召開。

馮市長作為會議的主持人，第一個做了發言：

「首先，我對這次會議的重要性先做一個說明，今後的一段時間內，市府網路的安全改造工作，將排到市裡所有工作的第一位，是重中之重，這點我希望在座的各位必須清楚認識到，並在今後的工作中做好調整。」

市裡各機關的頭頭一大早被臨時召集來開會，孫秘書也沒說明會議的主題，所以搞得氣氛很緊張，大家都以為是出了什麼大事呢。

馮市長似乎是沒注意到大家的情緒變化，繼續說道：

「第二，人事方面，將實行網路安全責任制，今後在網路安全方面，凡是出工不出力的、疏忽怠慢的，都要被追究責任，因此造成嚴重後果的，將被撤職，並追究其行政責任；相反，在這方面做得出色的，安全觀念、安全意識能夠做到與時俱進的，將會受到表揚，能夠對市府網路安全改造工作提出改進意見的，一經採納，相關人就會被市裡重用！」

下面這些人態度又來了一個變化，看馮市長這堅決的態度，不像是開玩笑，且馮市長說這話不管是出於什麼原因，看來自己回去後都得有所行動才行。

「接下來，我說一下這次網路安全工作總的原則和思路：第一，責任到人，落實到人，必須確保市裡的每一處關鍵網路都有專人負責，而且是專業人士；第二，提高安全意識，杜絕一切非技術層次的不安全因素，各部門各單位做好人員的安全培訓，制定各自的安全規章並嚴格執行；第三，以利用現有資源為主，嚴禁重複性的浪費，市裡馬上就要進行網路安全改造，各部門不得利用這次會議之機，突擊採購設備，造成浪費；第四，市裡成立了臨時指導小組，由軟盟的劉嘯先生擔任組長，負責各單位各部門的網路安全部署，現在就由劉嘯為大家作具體的說明和安排！」

底下的人有些愣了，市裡所謂的重中之重的工作，竟然會由外面的人來擔任負責人，這也太奇怪了，一時沒人猜得出市長葫蘆裡到底賣的什麼藥。

劉嘯站起來，「客套話就不說了，現在我做一下說明：一，各部門各單位對各自目前使用的職能系統做出統計，必須弄清楚系統的開發者是誰，什麼版本，什麼時間使用，是否經過升級維護，統計清楚之後，全部報到市府，沒有採用職能系統的單位部門，也要對單位內所有網路安全設備做一個統計；二，將本單位內的網路管理人員分組，做到單位職能網路二十四小時有人把守；三，做好網路襲擊時的預案，加強網路權限管理，必要時，可以暫時採用人工手段；四，縮短系統例行檢查和維護的時間，最好做到一日一查，發現情況立即上報；五，軟盟會把安全專家分派到各個部門去，他們會根據各單位的具體情況來做出要求和安排，並協助大家來做好安全工作。」

劉嘯說完，台下起了幾聲低低的嘆息，那些本來還想應付了事的人，現在一聽軟盟會派人過來，不由一陣悲觀，說好聽了，這是去協助，可那協助的同時，難保不就是一密探啊，自己是想偷個懶也不行了。

「大家一定要配合好專家，在具體工作方面，要多聽專家的！」馮市長又再一次強調，提前給這些人打了預防針。

市裡會議結束之後，劉嘯回到軟盟，立刻把所有的專家都派了出去，不等那些單位自己統計，這些專家很快就把各單位的情況摸了個差不多，然後再根據傳回的消息，軟盟及時對各單位的具體防護工作做出佈署和調整。

劉嘯摸不準一四〇會不會來攻擊，更不知道什麼時候來，他能做的，就是未雨綢繆。一四〇不同於普通的駭客，他們的攻擊，將比之前海城遭受到的所有網路襲擊還要恐怖。

「但願我的猜測是錯誤的！」劉嘯每天看著那些專家出去進來，就會這麼想，「如果是錯的，那現在這一切，就當是安全改造項目的提前預演吧！」

接下來的半個多月，整個海城的安全部門都讓劉嘯攪得雞飛狗跳，預想中的網路攻擊沒有等來，倒是所有公務員都會網路安全守則倒背如流了。

劉嘯此時還等來了一個人，那就是張小花，不知不覺劉嘯離開封明已經一年了。張小花跟去年的劉嘯一樣，正式畢業了，她畢業後的第一件事，就是來海城，她要視察上次買的那套房子到底裝修成什麼樣子了。

張小花的到來，讓劉嘯不得不暫時從繁忙的工作中脫離出來，反正現在一切都已經安排妥當，趁著把專家派去指導防禦的機會，軟盟也得到了市府網路的第一手資料，公司已經著手調集安全精英和各部門的負責人，集體協商切磋，準備把市府網路安全改造的項目提前，這一切都按著劉嘯的思路在進行著。

劉嘯陪著張小花在海城最繁華的大街上閒逛。

張小花終於逛累了，決定找個地方歇一歇。劉嘯四下裏一張望，發現前面有個咖啡廳，於是提議到裏面喝點東西。

兩人找了個靠窗的位置，點了飲料，張小花就在那裏興致勃勃地清點著戰利品，把買來的東西又翻出來看了一遍。

劉嘯一邊啜著飲料，一邊陪張小花聊天，時不時透過窗子向外邊看去。

劉嘯目光往窗外一瞥，似乎看到了一個熟悉的身影，目光再次尋找過去，發現是一個瘦高的背影，一頭的金髮，原來是那個俄羅斯的駭客維克多。

劉嘯一拍腦門，自己回來這一忙，竟然把這人給忘掉了，也不知道他有沒有到軟盟去。

「你看什麼呢？」張小花發現了劉嘯的奇怪舉動，於是順著劉嘯的視線看了過去，然後就皺起了眉頭，「奇怪，那個老外在幹什麼呢？」

劉嘯也在納悶，隔得太遠，他也不知道維克多在幹什麼，只看見他手裏拿著個什麼東西，好像卡片之類的，碰見一個路人就湊上去，不過隨即那路人就像是踩到了狗屎一樣，迅速離去，有的匆匆避開維克多三丈遠，然後以奇怪的眼光看著維克多。

「我出去看看！」劉嘯坐不住了，這洋毛子難道是在散發什麼違禁小傳單嗎？

「我也去！」張小花趕緊把那大包小包又推到劉嘯面前，有熱鬧看，又怎麼會少得了張小花呢。

劉嘯無奈，只得提著大包小包，跟在張小花的後面出了咖啡廳。

洋毛子維克多此時也是滿頭大汗，劉嘯站到他背後才看清楚，這小子手裏拿的是一張銀行卡，看見一個人，便用生硬的中文道：「謝謝你，我要取錢，請你幫忙！」說完，還指著身旁不遠的一部ＡＴＭ櫃檯機。

可那路人看了看銀行卡，又看了看維克多那人高馬大的樣子，趕緊一搖頭，匆匆離去。

劉嘯側頭看著張小花，「我去幫他取錢，很快回來！」

劉嘯還以為維克多是不會使用中國的ＡＴＭ櫃員機呢。

張小花拽住劉嘯，「你不要動，先看看再說，說不定這是騙錢的！」

劉嘯笑著搖頭，「放心吧，一個洋毛子還能騙得了我？我不把他賣了就算不錯了！」說完，劉嘯往前走了兩步，打著招呼，「Hi，維克多！」

維克多聽見有人叫自己的名字，別提有多親切了，回頭等看見劉嘯，那眼淚就快流出來，這真是他鄉遇故知啊。

維克多衝過來一把抱住劉嘯，然後鬆開道：「上帝，我終於見到你了！」

「你要領錢？」劉嘯看著維克多，「來吧，我幫你領！」

周圍那些看熱鬧的，一看有人主動跳出來要幫洋毛子，一部分呼啦啦圍了上來，另外一部分則往後退了退，踮起腳尖往裏看。

「太感謝了！」維克多連忙接過劉嘯手裏的大包小包，然後把自己的卡塞了過去，「我以為所有中國人都會跟你一樣熱情呢，沒想到……」

劉嘯笑了笑，道：「有的事情可以熱情，有的事情是不可以的！」

劉嘯說著就把卡插進了ＡＴＭ櫃員機，然後道：「比如說取錢，你完全可以自己取，這機子有英文提示，你為什麼非要讓別人代勞呢。快，輸入密碼！」

維克多啪啪幾下輸入密碼，然後奇怪地問道：「來海城前，不是你叮囑我不要碰中國的ＡＴＭ櫃員機嗎？」

劉嘯差點磕死在那櫃員機上，這洋毛子也太搞笑了，好像在俄羅斯也沒人說讓你隨便動櫃員機吧，怎麼老子一說，你倒是較真了。

劉嘯哭笑不得，「我是說你不要非法亂動這機器，但不包括正常操作的取錢！」

維克多一聽，也是大笑，「我從小聽說中國非常神秘，你那麼叮囑，我還以為中國的ＡＴＭ櫃員機另有玄機呢！」

「得！」劉嘯乾脆讓開機器，「你要取多少，自己搞吧！」說著，劉嘯又把自己的東西提了回來。

維克多道了一聲謝，便在機子上按了起來，可等了半天都沒有動靜，錢並沒有跑出來，隨即卡被吐了出來，螢幕提示：「系統繁忙，稍後再試！」

維克多準備再插卡，螢幕的提示卻又變了，「本機暫停服務！」

維克多當即道了一聲：「壞了！」

劉嘯看見錢沒出來也有些奇怪，「怎麼了？是不是你卡裡沒錢了？」說完湊到機器前一看，道：「這大概是機器裏沒錢了！你得換一台了！」

維克多搖著頭，「不對，不是機器裏沒錢了，而是銀行網路出問題了，這機器被鎖定了！」

「哦？」劉嘯有些意外，「你好像對銀行的網路系統很熟悉！」

維克多笑了起來，「我對錢有興趣，所以對銀行系統也就熟悉了！」

「如果是銀行網路出了問題，那看來你一時半會兒是取不到錢了！」劉嘯笑說：「你不是想去軟盟嗎？怎麼樣？」

維克多搖著頭，「還沒有去呢！一下飛機，我就迷路了，到處走了走，走到這裏，錢花光了，所以就來取錢！」

劉嘯真是被這洋毛子給打敗了，放下手裏的東西，從口袋裏掏出錢包，拿了一些出來，道：「這錢先借給你，你到軟盟應聘的時候，拿出我的名片，然後直接還給應聘你的人就行了，他會轉交給我的！」

「太感謝你了！」維克多也不客氣，連連稱謝。

周圍頓時一片嘆息聲，都在說：看，果然是個騙錢的，這不，已經有個傻小子上當了！

張小花也是有些生氣，過來站在劉嘯身後，狠狠在他胳膊上掐了一把，然後瞪著他。

劉嘯吃痛，叫了一聲，回頭道：「我馬上好，馬上好，咱們這就走！這是維克多，俄國人！」

劉嘯以為張小花是等急了，就簡單介紹了一句，便趕緊告辭：「維克多，我還有事，就先告辭了！」說完，劉嘯提起包就走。

走開沒兩步，張小花就道：「你怎麼那麼傻，都跟你說那人是個騙子，你怎麼還給他錢！」張小花說完不解氣，還踢了劉嘯一腳。

「不會，不會，維克多我認識，他沒必要騙錢！」劉嘯趕緊說道。

第十章　最強神人

「維克多！」劉嘯站了起來，「事不宜遲，半個小時搞得定嗎？」

維克多說到做到，不到三分鐘的時間，就把所有銀行安全專家束手無策的問題給解決了，測試後一切正常。劉嘯此時不得不感嘆「術業有專攻」。

「你認識的都是什麼人啊！」張小花一聽劉嘯和那老外認識，更是崩潰，還想再說兩句，劉嘯的手機響了起來。

「出了什麼事？」劉嘯問道，電話是商越打來的。

「你估計的沒錯，果然有人盯著海城的網路！」商越頓了頓，「你趕緊回來吧，現在亂成一鍋粥了，海城所有銀行的網路出現錯誤，導致交易紊亂，現在全市所有銀行、櫃員機都停止服務，網路銀行、手機銀行也終止了一切和海城有關的交易！」

「這麼嚴重？」劉嘯大吃一驚，沒想到對方第一個下手的對象，竟是自己認為是最安全的銀行系統，「好，我馬上回來！」

「你直接去市政府吧！」商越急忙說道。

「小花，出了點事，我得趕緊走了，今天不能陪你了！」掛了電話，劉嘯一邊伸手叫車，一邊把買的那堆東西往張小花懷裡塞，「你自己先搭車回家！」

張小花還沒盡興，不想讓劉嘯走，「非走不可？沒你不行？」

劉嘯點點頭，一臉嚴肅，「是！很嚴重！海城的銀行系統出了問題，我得趕過去查清楚問題的原因！」

張小花有些失望，不過還是接過了那一大堆東西，返身鑽進了車裡，「那你快去快回，我等你電話！」說完微微一嘆氣，拉上車門走了。

劉嘯再次抬手，準備再攔車趕往市政府，車子停了下來，劉嘯拉開車門準備進去，突然像是想起了什麼事，一收腿，「啪」一聲甩上車門，然後朝自己剛才來的地方飛快跑了過去。

計程車司機傻眼片刻，隨後探出腦袋，朝著劉嘯背影大罵：「媽的，你手賤啊，坐不起車就不要亂抬手！」說完又恨恨地「靠」了一聲，大罵晦氣。

劉嘯一路小跑，來到剛才那台櫃員機前，還好，維克多還在那裡，並沒有走遠，劉嘯趕緊追上去，「維克多！你剛才說那櫃員機領不出錢，是銀行的網路出了問題？」

維克多點了點頭，道：「沒錯！我研究過各種銀行系統，其中也包括中國的在內，根據我的判斷，剛才那種情況，絕對是銀行的網路出了問題，櫃員機是被遙控鎖死的！」

「如果銀行的所有交易突然紊亂，最後不得不被迫暫時終止了所有交易，你認為問題會出現在哪裡？」劉嘯急忙問道。

「呃……這個……」維克多稍微琢磨了一下，「你是說中國的銀行系統？」

「準確說，是海城的銀行系統，銀行有很多家，但所有銀行的交易在同一時間內都發生了紊亂！」

「這不可能，不同的銀行使用不同的系統，絕不會同時出錯！」維克多先是搖頭，隨後又道：「只有一種情況下才會發生這種可能，那就是其中一家銀行事先已經出了問題，當這家銀行與別的銀行進行決算的時候，會導致其他銀行的帳目也跟著紊亂，不過，這似乎也……」

維克多又搖頭，好像也解釋不通。

「如果不是銀行自身出錯，而是外部原因，比如說駭客入侵？」劉嘯又提出了新的疑問，「你認為問題會出在哪裡？」

「駭客入侵？」維克多笑了起來，「那出現問題的地方可就多了。我自己至少就有三種辦法，可以做到你說的情況！比如說……」

「別說了！跟我走！」劉嘯一抬手，又要攔車。「靠，這次老子是撿到寶了！」

劉嘯心中真是大大的喜出望外，他原本以為維克多只不過是個普通的小駭客，到中國就是想碰碰運氣罷了，沒想到這個傢伙竟是一個不折不扣的超級金融大駭客，這樣的人才，一定要先網羅到軟盟麾下。

沒想到攔住的又是剛才那輛車，那司機真是火了，敢情這傢伙是專門來調戲自己的，今天這生意看來是沒法做了。

「去市府！」劉嘯扔下一句，就扯著維克多往車裡鑽。這下倒把那司機給弄住了，一聽去市府，他倒不好冒冒失失出手，萬一這傢伙是市政府的人，自己這飯碗估計就砸了，司機撇撇嘴，呸了一聲。

「去哪裡？」維克多有些莫名其妙。

「你被軟盟錄用了！」劉嘯看著維克多，「從現在起就開始工作！」

「可我還沒有去軟盟應聘！」維克多愈發驚訝，兩隻眼睛瞪得都能把牛自卑死，「甚至都還沒有談到薪資！」

「只要軟盟付得起，你開多少都行！」劉嘯此時已來不及理維克多了，催促著司機趕緊開車，以最快的速度趕往市府。

劉嘯一到市府門口，孫秘書早就在那裡急得團團轉了，一看劉嘯下車，就幾步走上前來，拖著劉嘯的胳膊，「劉總，你可算是來了，快快，市長都已經等你好一會兒了！」

劉嘯一邊招呼維克多下車，一邊掏錢付給司機，「不用找了！」說完，就帶著維克多跟在孫秘書後面奔市委大樓去了。

司機捏著那張整錢半天沒回過神來，心裡暗道僥倖，幸虧自己剛才忍住了衝動沒動手，不然就麻煩了。

市委會議室裡，幾家銀行的行長此時根本坐不住，在會議室猛踱著步，只是踱步的速度比以前快多了，也沒有了平時的那份閒淡神態。馮市長倒還坐得住，只是表情很嚴峻，這讓會議室裡的氣氛很冷。

幾個銀行行長不時擦著冷汗，前幾天市長還千叮嚀萬囑咐要做好網路安全工作，市長的話音猶在繞梁之中，這事故就出來了，而且還是個大事故，銀行的安全專家根本找不到問題癥結所在，這不是要了自己的老命嘛。

為了爬到這個位子，這幾位行長的頭髮都熬禿了，這次要是翻了船，這頭髮可就算是白掉了。他們這麼急著到市府來，一是想挽回責任，二就是搬救兵，可這個救兵卻遲遲不見蹤影，市長也不表態。

「砰砰！」敲門聲傳來，市長反射動作一般站了起來，「請進！」

門被推開，正是孫秘書那張臉，「市長，劉總來了！」

馮市長那繃直的臉不由鬆弛了幾分，趕緊往前邁了兩步，看見劉嘯進來，道：「你可算是來了，大家都等著你，這次又得拜託你了！」

「馮市長見外了！」劉嘯客氣一句，「現在不是分彼此的時候，大家榮辱與共。我給大家介紹一下，這位是我們軟盟的金融系統安全專家——維克多。幾位行長也不是外人，不必客套了，還是先把具體情況說一下，好讓維克多盡快找出問題的癥結所在！」

幾位行長倒還真不是外人，他們幾乎是天天到軟盟去造訪，軟盟手裡握有那麼大一筆閒置資金，誰會不眼饞？

「是我們最早發現了交易帳目混亂的情況，大概是在四十五分鐘之前，我們隨即向市裡打了報告，市裡通知其他幾家銀行，才發現自己的帳目也有混亂的情況，於是啟動緊急預案，暫停服務，恢復錯亂的交易帳目！」其中一個行長首先開了口，「好在我們銀行有著非常完善的預案，錯亂的帳目也不多，完全可以恢復，但問題是我們現在不知道引起帳目混亂的原因何在，貿然開始服務，一旦錯帳再次發生，甚至是大面積發生，那就不是那麼容易恢復的了！」

其他幾家銀行的行長也都點著頭，「是，我們也是出於這種考慮，才暫時停止了服務！」

劉嘯把銀行的話翻譯給維克多聽，隨即維克多嘰哩哇啦一陣，劉嘯便道：「最好再詳細一些，維克多想知道，錯亂的帳目都是些什麼帳目，今天是否發生了交易，大家發生帳目錯亂的時間是否一致？」

「除了商業銀行外，剩下我們幾家出現錯亂的事件是一致的！」剛才那位行長又繼續說著，「錯亂的帳目，都是今天發生了交易的帳目，也正是因為這點，才決定停止所有交易服務！」

「那麼沒有發生過交易的帳目是否也有混亂情況呢？」劉嘯又問道。

「都查過了，目前還沒出現這種情況！」幾家銀行的人都點頭表示著。

劉嘯又把這些情況給維克多說，維克多稍微想了一下，便道：

「時間一致，這說明爆發問題的原因，是在一個和所有銀行都有關聯的中間環節設備上。商業銀行例外，則說明了另外一個情況，對手很有可能使用了不止一種的攻擊手法。我們先假設對手只用了一種攻擊手段，那麼商業銀行的例外，又會告訴我們一條很重要的信息，那就是商業銀行沒有參與到這個中間環節之中，它的帳目混亂，很可能是因為它與已經交易錯亂的銀行發生交易後出現的。」

劉嘯一聽，趕緊問道：「大家都仔細想想，有沒有除了商業銀行之外，大家都參與的中間環節，或者都要使用的間接設備？」

「這個我們早就想到了！」幾位行長都搶著說，「除了商業銀行，剩下這幾家銀行都加入了全球性的金融機構——WB組織，但我們已經對這個中間環節進行了測試，一切正常，走WB的環節，也不會導致帳目混亂！」

維克多一聽，反問：「那商業銀行有沒有去查自己的帳目，那些發生了錯誤的交易，是不是全都和別的銀行有關？」

幾位行長一愣，顯然是都沒想到，於是都把目光轉到了商業銀行行長那裡。

商業銀行行長的汗冒出來，看來他沒有去查，於是趕緊掏出手機，吩咐了一聲，然後道：「很快就有結果了，大家稍等，這個實在是疏忽了！」

大概兩三分鐘時間，電話打回來了，所的帳目都是和外行發生了交易導致的，而商業銀行自己內部的交易並沒有出現錯誤。

維克多當即笑了起來，「看來問題的癥結已經找到了，就是出在WB的設備上。」

幾位行長都有些納悶，「可我們都測試了，WB的設備沒問題啊！」

「你們肯定是在關閉交易服務之後封閉測試的！」維克多不等行長們說

完，就說出了自己的結論，「封閉測試達不到攻擊者設定的條件，所以就不會發生交易錯誤！」

維克多說完看著劉嘯，「我已經知道問題出在哪裡了，我能解決這個問題，這是俄羅斯ＷＢ組織的手法，這事和他們脫不了干係！」

「俄羅斯ＷＢ組織？」劉嘯詫異，怎麼又出來一個ＷＢ組織，而且這完全出乎了劉嘯的意料，他認為這事絕對和美國方面有關係，但怎麼想不到會和俄羅斯扯上關係，這一下把劉嘯徹底打矇了。

「這和銀行行長所說的ＷＢ組織完全是兩個不同的組織，他們說的是世界性的金融組織ＷＢ，而俄羅斯的這個ＷＢ組織，卻是全球最大的金融駭客集團，是職業化的！」維克多看著劉嘯，「他們非常專業，誰給錢，他們就給誰辦事！」

劉嘯這才釋然，原來是這麼回事，俄羅斯ＷＢ組織突然發難，搞出這麼大的動靜，可從結果看，他們得不到絲毫的好處，這不符合他們的作風，肯定是有人僱傭他們做的，但會是誰呢？

劉嘯認為不會是一四〇，且不說一四〇本身的強悍，就他們那種作風，肯定不屑去讓別人給自己打頭陣。劉嘯此時有些混亂，猜不出這次的發難者會是誰。

幾位銀行行長一看劉嘯陷入了沉思，便急了，這都什麼節骨眼了，竟然還有空發呆，既然找出了問題所在，那趕緊去解決啊，銀行業務再停滯下去，不光是損失多少錢的問題，怕是又會有人捕風捉影、造謠生事了。

幾位行長正要去催劉嘯，孫秘書敲門進來，一掃眾人，最後把視線落在了市長身上。

「市長，市公安局的王局長來了，說有重要情況！」

馮市長正為銀行這事煩惱呢，當下一擺手，「讓他來這裡說！」

孫秘書還沒來得及通知王局長，王局長已經等不及，直接闖了進來，「馮市長，出大狀況了，有人利用網路、短信散播謠言，說市裡有銀行行長捲錢外逃，煽動老百姓去銀行擠兌！」

「啪！」馮市長一拍桌子站了起來，他最擔心的就是這個，現在果然發生了，「立刻啟動預備方案，發動所有的媒體進行闢謠，與此同時，一定要把幕後散播謠言的人揪出來！」

「是！」王局長當下也不敢耽擱，「我這就去安排！」

「一定不能出亂子！」馮市長又叮囑道：「面對受蒙蔽的群眾，要保持克制，盡量解釋清除。」馮市長說完，又指著那幾個行長，「你們也趕緊吩咐一下，做好準備！」

幾位行長都各自掏出手機，把命令傳達了下去。

劉嘯此時也回過神來了，眉頭緊鎖，這完全是一起有全盤策劃的攻擊，自己千算萬算，仍然沒有算到對方會把攻擊的第一站放在銀行上，自己對攻擊者的膽量估計不足，而且對攻擊之後的後續招數同樣應付不及，這些都已經超出了駭客手段的範圍。

「維克多！」劉嘯站了起來，「事不宜遲，我們現在就去解決問題，半個小時搞得定嗎？」

「三分鐘就可以！」維克多相當自信，「前提是讓我接觸到銀行的網路，隨便一個營業網點，或者，ＡＴＭ……」

劉嘯趕緊打斷了他的話，讓這小子再說下去，肯定會把自己能從ＡＴＭ櫃員機上攻擊銀行的事說出來，這要是讓現場幾個銀行行長聽到，事後不是派人把維克多看管起來，就是派人把每個ＡＴＭ櫃員機都看管起來。

「那就趕緊走吧，就去最近的銀行網點！」劉嘯把維克多從椅子上拽了起來。

「市府對面就是我們的分行！」一個行長趕緊說著，「我這就帶你們過去！」

馮市長看著劉嘯，表情十分嚴肅，「就拜託你們了，一定要解決好這個問題，如果真要是發生了擠兌的情況，而銀行又不開門，那後果就更嚴重了，什麼事情都可能發生！」

這話說得在場所有人心裡都是一沉。

市長說完一皺眉，又對那銀行行長道：「你把劉嘯送過去，安排好，就立刻趕回來！」市長咬著牙，「我要親自到電視上闢謠，還有市裡所有銀行的行長，大家一起去闢謠，我看這幫傢伙還能放出什麼么蛾子來！」

孫秘書第一個行動了起來，「我這就去聯繫電視台，安排車子！」

維克多說到做到，不到三分鐘的時間，就把所有銀行安全專家束手無策的問題給解決了，銀行開通所有交易之後測試，一切正常。

劉嘯此時不得不感嘆「術業有專攻」，即便是駭客技術出現並沒有多久，但也不得不承認，駭客技術的發展已經有了逐漸分工和細化的趨勢，而且是越來越明顯，已經沒有任何一個駭客可以把自己的能力延伸到網路的所有角落。

維克多有些得意，「怎麼樣？我說我能做到吧！」

劉嘯無奈聳肩，這個老外什麼都好，就是喜歡自吹自擂，這種風格在俄羅斯或許還行，在中國遲早被人K。

「看得出，你對金融系統真的是非常有研究。」劉嘯皺眉看著維克多，「你對這個WB組織有多少瞭解？」

「非常瞭解！」維克多拍著胸脯，「當年我還在他們組織裡混過三個月……」

「呃？」劉嘯驚訝地看著維克多。

維克多意識到自己說漏嘴了，尷尬笑笑，解釋道：「我是臥底……臥底……」

劉嘯無奈笑著擺手，「先說說這個組織是怎麼回事吧，我想弄清楚他們攻擊海城銀行網路的意圖是什麼？」

「很簡單，有人花錢雇他們做的！」維克多的推測和劉嘯一致，「我對這個組織很瞭解，他們其實很少出手，因為銀行的網路並不是那麼容易被攻擊的，而且相對封閉，WB手裡掌握的銀行漏洞並不是很多，每攻擊一次，就意味著他們手裡的漏洞會減少一個。所以，如果價格不能讓他們滿意的話，他們是不會出手的，這次肯定是有人花了大價錢。」

「他們不會利用漏洞為自己牟利嗎？」劉嘯問道。

維克多搖頭，「他們是職業化的，只為僱傭者工作。再說了，銀行系統發展到今天，已經非常完善，很難從漏洞謀取暴力，而蠅頭小利又不能讓他們滿足。」

劉嘯點頭，看來ＷＢ果然不是真正的攻擊者，真正的攻擊者是那些僱傭者，很有可能就是美國方面了，一四〇的行為真是讓人難以捉摸，難道以他們的實力，還需要讓他們為自己衝鋒陷陣嗎？

維克多看劉嘯不說話，便問道：「問題已經解決了，那我什麼時候可以到軟盟工作啊？」

劉嘯「啊」了一聲，才意識到自己這一急，竟然把這事給忘了，看著維克多眼巴巴的眼神，劉嘯不由笑道：「隨時都可以，只要你願意，現在去都可以！」

維克多凝眉瞥著劉嘯，「你說的算數嗎？軟盟能聽你的？」

劉嘯聽完哈哈大笑，「你到中國後，都沒找人給你翻譯我的那張名片嗎？」

劉嘯搖頭，從口袋裡再次掏出名片，指著上面道：「中國軟盟軟體安全科技公司，總裁，劉嘯。」

維克多露出不可思議的表情，看了看劉嘯，又看了看名片上那幾個黑黑的方塊字，顯然把兩者聯繫不到一塊，「你真是軟盟的總裁？」

劉嘯拍拍維克多的肩膀，「歡迎你加入軟盟，不過我還是要提醒你，加入軟盟後，必須得收起你那套江湖作風，否則你會很麻煩的！」

「為什麼？」維克多不解，這已經是劉嘯第二次提醒他了。

「眾所周知，中國有著世界上數量最為龐大的駭客群！」劉嘯看著維克多，「但大家不知道的是，中國的監獄裡關押著的駭客數量，同樣也是世界上最龐大的！」

維克多吃了一驚，原來是這麼回事啊，難怪中國的駭客數量世界最大，卻始終都無法在世界的安全界取得一席之地，直到軟盟的崛起，才讓業界對此有所改觀。

維克多點點頭道：「我知道了，我會約束自己的行為，其實之前我之所以加入ＷＢ，是我以為他們手裡會有更多的金融系統漏洞，誰知道他們還不如我，所以就又退出了。」

劉嘯愕然，維克多這也算是臥底嗎，這明顯是去竊密，劉嘯無奈笑說：

「好了好了，以前的不說了，說以後吧！我準備在軟盟成立一個金融安全項目組，專門負責研發金融系統的安全產品，這個項目組由你來全權負責，軟盟會給你提供一切你所需要的東西，將來產品所產生的利潤，兩成歸你個人所有。這個薪資你還滿意吧？」

「真的？」維克多差點以為自己聽錯了，「你確定你是認真的？」

「現在我們就可以回去簽合約！」劉嘯笑說，他自己就是駭客，所以他很明白駭客的心理，維克多終極全部的心血，潛心研究金融系統的漏洞，為的是什麼？如果他只是為了從中撈點黑錢，就不會萬里迢迢來軟盟碰運氣，所以劉嘯願意給維克多極大的權限，讓他一展抱負，當然軟盟也不會吃虧，今後軟盟還要籠絡更多像維克多這樣的專業天才。

維克多興奮至極，瘋狂地扭動著自己那竹竿似的身子，他有天賦，但一直沒有展現的機會，看來自己來中國是選對了。

「走吧走吧！」劉嘯拍醒了維克多，「回公司，你這個項目組的第一個產品，就是關於ＷＢ組織這個中間環節的安全補丁，我相信他們很願意購買的。」劉嘯拖著維克多往外走去，「你的兩成利潤就快裝進口袋了！」

才走兩步，維克多就已經超過劉嘯，變成了他拖著劉嘯往前走了，劉嘯在他前面掛了那麼大一根胡蘿蔔，這讓維克多感覺自己渾身都是勁。

海城事發後十個小時，央行發佈公告，宣布對全國所有銀行的系統進行維護，時間定在凌晨，以免引起不必要的恐慌，同時，央行也對海城銀行在面對危機時的表現給予了表揚和肯定。

這次全國銀行系統維護的唯一任務，就是安裝軟盟金融安全項目組開發的安全補丁，修補ＷＢ中間協議中的漏洞，軟盟藉著這次危機，也賺了一筆。

維克多怎麼也沒想到自己來到軟盟的第二天，就分到了如此龐大的一筆錢，一時間幹勁十足，一次就向軟盟申請了十多個項目，看來是準備要撈個缽滿盆溢了。

但這還沒有結束，央行已經向ＷＢ組織發函，指出他們的協議中存在漏洞，建議他們也使用軟盟的安全補丁，只是還沒有得到ＷＢ組織的回覆，他們稱自己需要時間來調查，以確認自己的協議中是否真的存在漏洞，看來他們是有些懷疑中國方面的舉動。

海城的擠兌情況也並沒有維持多久，市府不遺餘力的宣傳，所有銀行的兌現都一切正常，很快就把謠言擊得粉碎。一場風波在短短幾天之內便平息了下去。

不過這場攻擊也不是一點好處沒有，至少讓海城所有的安全職能部門的負責人都意識到了網路攻擊的可怕性，如果說之前的駭客攻擊與他們沒有切身利害關係，那麼這次不同，他們放在銀行的鈔票被人動了，還有比這更嚴重的事嗎？

前幾天他們都還催著讓家人到銀行去擠兌，甚至是托人走關係插隊擠兌，現在想想，如果事態不能這麼快平息，那後果真是可怕，海城老百姓把市府拆了都有可能，看來駭客攻擊並不像自己以前想得那麼簡單，出問題的不止只是電腦。

現在也不用市長作動員了，各個部門的負責人天天往軟盟跑，都希望給自己的部門爭取到一個最好的安全專家，最好是像維克多那樣的，可以一舉定乾坤的人物。

以前軟盟派專家過去，幹活累點也就算了，還經常遭他們的白眼，現在不同了，過去就是大爺，被當神一樣供著，說的話就是聖旨，搞得軟盟人人都爭著去安全部門掛職促安全。

此時的美國國防戰略司令部，唐金和雷利正在向戰略司令龐瑟做著匯報。

「綜合以上我所提到的情報，我們此次的試探行動全面失敗！」唐金匯報完畢，做出了最後的結論，那就是失敗，徹底的失敗，「我們非但沒有試探出軟盟是否和Wind存在關係，甚至是打擊軟盟的次要目的也沒實現，反而讓軟盟大賺了一筆，他們現在和海城的關係反而更加緊密，中國安全部門對於軟盟更加信任。這使得我們今後的行動更加困難，只要有中國為軟盟撐腰，我們想要打倒軟盟，只會是空話。」

雷利也是火冒三丈，他怎麼也沒想到軟盟會在如此快的時間內搞定了一切。軟盟之前從未涉及過銀行領域，在這方面應該是空白的才對，這也是雷利選擇從銀行系統下手的原因，他就是要讓軟盟束手無策，然後看Wind是否會施以援手，但這個結果出乎了所有人的意料。

「ＷＢ真是個廢物！」雷利只好把怨氣都發到ＷＢ身上，拿了那麼多錢，卻製造出這種撓癢癢的小麻煩。

龐瑟也沒料到會是如此，「看來我們都低估了軟盟，他們的崛起，絕不是運氣兩個字可以概括，這是實力！」

「為今之計，只有把水再攪渾！」唐金已經想出了對策，「並不是只有駭客手段才會對軟盟造成麻煩，別的同樣可以！」

「我認為只有我們自己出手了！」雷利現在已經不相信那些所謂的僱傭軍團了，「軟盟雖然解決了危機，但我認為我們的試探並不是完全失敗，至少事情過去好幾天，Wind並沒有任何後續行動，也沒有給我們絲毫信號，憑這一點，就足以說明軟盟和Wind沒有牽扯，我們完全可以自己出手搞定一切！」

「兩千多年前，中國有位軍事家，他說過一句話，『知己知彼，百戰不殆。』」龐瑟嘆了口氣，「即便是軟盟真的和Wind沒有關係，可我們的試探還是失敗了，因為我們並沒有試探出軟盟的真實深淺，在這種情況下冒然出手，是一種冒險！誰也不能保證，軟盟就不會是第二個Wind！」

龐瑟的話，讓唐金和雷利同樣心中一凜，是啊，萬一軟盟真的深到了這種程度呢，他們敢於和Wind叫板，這份自信是從哪裡來的。

兩人看著龐瑟，沒有說話，他們不明白龐瑟的意思，難道這事就這麼算了，眼睜睜看著軟盟壯大，讓軟盟的產品裝備到自己的假想敵對國嗎？

龐瑟在屋裡踱了兩圈，回到桌前拾起自己的雪茄，道：「唐金，你按照你的計劃，把水攪渾，從各方面給軟盟製造麻煩。雷利，你安排人，準備動手！」

兩人大愕，竟然站在那裡沒有任何反應。

「如果因為害怕對手而失去了冒險精神，我們就不配做一個軍人！」龐瑟看著自己的兩位手下，「我願意去冒個險，我賭這個世上絕不會有第二個Wind！」

在摸不清軟盟底細的情況下，龐瑟選擇了去賭一把。

「是！將軍！」兩人敬禮，告退去執行命令了。

一封匿名信被寄到了WB組織的總部。很快，這封信就被轉交到了中國央行總部，然後，它又到了央行設在海城的分部。分行行長親自拿著這封信以最快的速度到了軟盟，找到了劉嘯。

劉嘯打開信一看，不禁大笑，「笑話，說攻擊海城銀行系統的元凶就是我們軟盟，真是天大的笑話！這難道就是WB組織調查出來的結果嗎？」

「WB組織希望我們對他們做出一個解釋，否則就會終止和中國所有銀行的合作！」分行行長很嚴肅地看著劉嘯，「這可不是笑話！」

「謝謝你讓我能看到這封信，我非常感謝銀行方面對我們軟盟的信任。」劉嘯長出一口氣，「你稍坐一會，我現在就去給他們找一個解釋，我相信他們會非常滿意的！失陪一下！」

劉嘯說完，逕自出門去了，留下那個行長在那裡發愣。

劉嘯憑藉著他的才智與高超的技術，屢屢獲得國際駭客界的認證，而軟盟也在他的帶領下，陸續發動了許多轟轟烈烈的攻勢，創下驚人記錄與事蹟，使國際社會再也不敢輕視華裔電腦高手的智慧與實力。而他與張小花的戀情也終於開花結果，得到眾人祝福。

網路世界原本無奇不有，駭客的故事也永遠說不完。只要有網路的世界就有駭客；有駭客的地方就有江湖；有江湖的地方，就少不了刀光劍影、恩怨情仇。他們靠著高超的技術維持那個世界的秩序，更靠非凡的智商打破記錄、創造傳奇。他們就是無所不能的首席駭客。

（全文完）

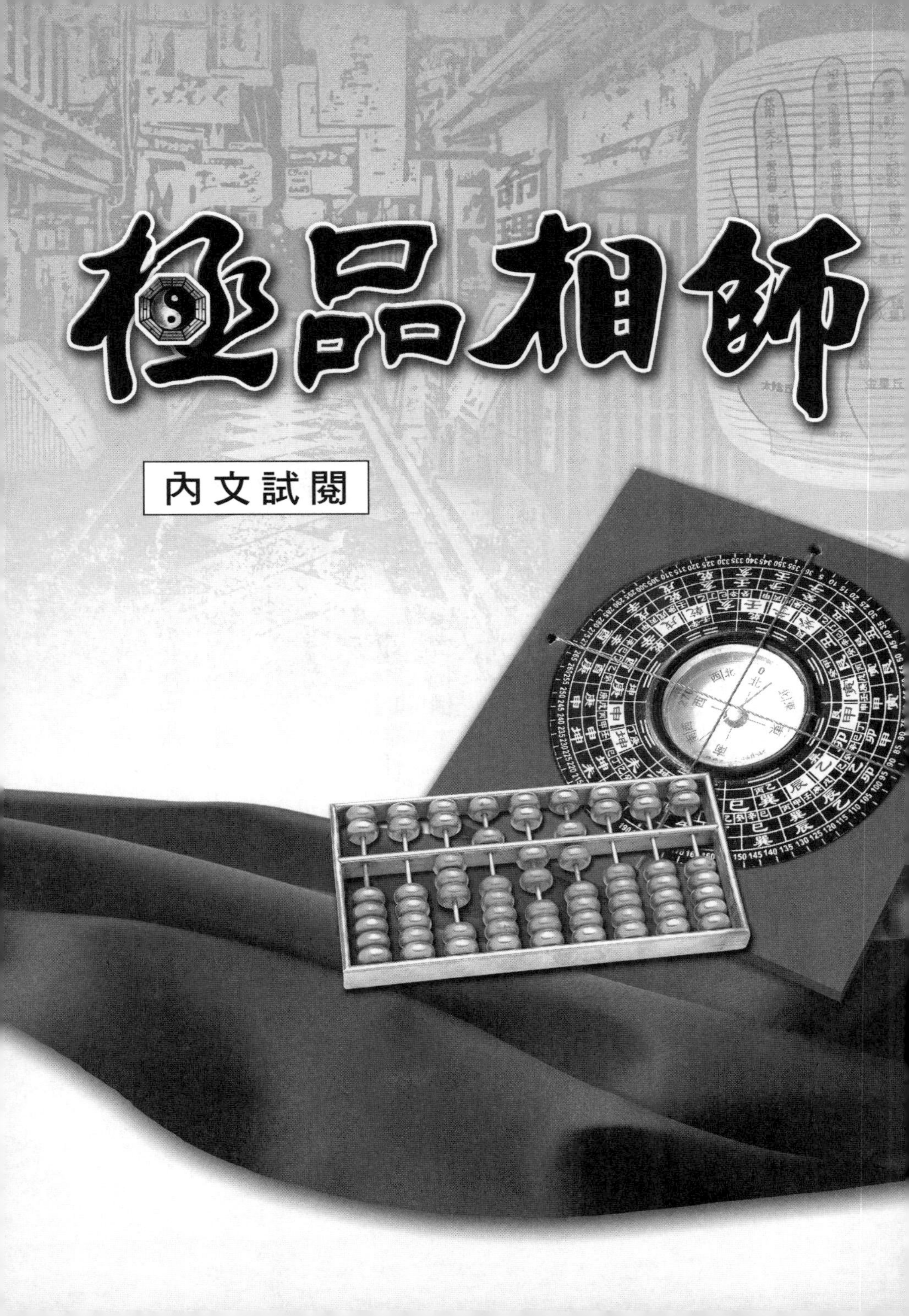
極品相師
內文試閱

海城市，火車站旁的一個小巷子。

這裏人流量很大，都是南來北往的旅客，在這個小巷子有不少做小買賣的，賣礦泉水的，賣瓜果的，算命的，還有不少賣情趣用品的，這是為進入小巷裏一排小旅舍的男女準備的。

火車站旁的主幹道是不讓擺攤的，所以這條小巷就成了小攤販們的天堂。

唐振東正百無聊賴的坐在他的水果攤前，看著過往來去匆匆的人，既不吆喝，也不招攬，愛買就買，不買拉倒。

唐振東這個攤位地角不好，用一般人的話來形容，就是蹩腳。也是，人家地角好的，都是在城管那裏交了錢的固定攤位，他這裏，城管來了就交兩塊錢，不來，一分錢不用交，所以得使勁往裏才能找到唐振東的攤子。

不過由於唐振東長得唇紅齒白，雖然不吆喝，但是總有人繞過主動攬客的商販，大老遠的跑到唐振東的三輪車這兒來買。

所以唐振東雖然生意不算非常好，卻也餓不死，一天也能掙個四五十塊錢，扣去刮風、下雨天不能擺攤，每個月賺個千把塊錢不成問題。除去吃喝、房租這些生活費，一月還能存下個三四百塊錢，算是吃不飽，餓不死。

唐振東旁邊有個擺攤算命的，姓葉，自稱是葉大師。據他說，他是麻衣神相第五十一代傳人，看面相、批八字、看陰宅陽宅，鐵口直斷，一卦千金。

不過這葉大師到底精不精占卜相術，唐振東是最知道的，這個自稱葉大師的神算，其實是個徹頭徹尾的騙子。

賣水果的空檔，兩人經常談笑幾句。用葉大師的話講：這都是做生意的，能幫襯就幫襯點。不過唐振東倒是沒幫上人家葉大師什麼忙，相反，葉大師在唐振東來顧客的時候，卻總是能說出個一二三來。流光水滑的水果叫「賣相好」，長相磕磣的叫「歪瓜裂棗甜死人」，長蟲眼的那叫「有機無農藥」。

總之，不管是什麼水果，只要到了葉大師嘴裏，都是獨一無二的好。為此，水果總能賣得所剩無幾。

葉大師的忽悠功夫那真不是蓋的。雖然葉大師成天沒有生意，但是一旦有生意上門，葉大師不論是哄還是嚇，都能讓人乖乖的把錢掏出來，而且還不惜掏得傾家蕩產。正應了那句話：三年不開張，開張吃三年。

唐振東沒生意的時候，也喜歡跟這個葉大師談天論地，其實唐振東是在不露聲色的學習葉大師的嘴上功夫。

以前唐振東不知道，這個身前不足一尺見方、畫著批八字看手相的白布營業額究竟有多少，但是在跟葉大師熟稔之後，葉大師向唐振東吹噓，說他就這麼一塊小布，一個月的營業額最少五千塊，如果哪個月生意好的話，三兩萬也不成問題。

營業額是三兩萬，純利潤也是三兩萬。做過生意的人都知道這代表什麼意思。

葉大師經常笑話唐振東：「你個小夥子，就守著這麼一個水果攤，能有什麼出息？」唐振東總是笑笑，然後反問：「我不賣水果，難道跟你一樣去算命嗎？」

葉大師聽到唐振東的話，咧嘴一笑，「呵呵，你是可以考慮跟我去擺攤算命，就憑你這份誠實的相貌，保證你月收入不低於我，不過，你要先給我當三年的學徒。」

唐振東心裏真是笑開花了，但是嘴上卻什麼都沒說。

唐振東這人，光看外表，的確給人一種憨厚老實、容易讓人信任的形象，但其實唐振東並不像外表看來的這麼老實。對於純屬忽悠人的葉大師來說，唐振東才是有真才實學的。

原來唐振東是鬼谷一脈的嫡系傳人。說起鬼谷，就不能不說鬼谷門的創始人鬼谷子，還有他的幾大愛徒張儀、蘇秦、孫臏、龐涓、毛遂、徐福等人。

蘇秦、張儀是戰國著名的縱橫家，而孫臏、龐涓則是出色的軍事家，毛遂自薦這個成語就不說了，講的就是毛遂的故事。而徐福就更了不得了，一張嘴能把死人說活，活人說了再死，讓人死去活來。

唐振東就是徐福一脈的傳人，不過由於時代的變遷，徐福一脈日漸式微。不過鬼谷的傳人豈可小看？如果徐福只是個普通的方士，那怎麼會把雄才大略的秦始皇忽悠得團團轉？

秦皇漢武，唐宗宋祖，秦始皇排名第一，其文治武功蓋世無雙，不論是在趙國當人質，還是重回秦國掌大權，滅六國，統八方，秦始皇所面對的局面比任何一個國君都艱難，但是他完成的功業，卻讓所有的國君都為之傾倒。

這麼一個無敵的統帥，英名的君主，強權的統治者，豈會是一個等閒之輩？而徐福一次次的忽悠秦始皇，把他搞得團團轉，徐福又豈是一個普通的神棍那麼簡單？徐福可說是鬼谷子晚年最得意的徒弟，鬼谷子一身所學，盡傳於徐福。

唐振東沒事經常看老葉給人算命，老葉給人算命無非就是兩點：一是察言觀色，二是似是而非。

察言觀色是老葉的拿手絕活，他一邊跟人扯著不著邊際、讓人聽了似懂非懂的話，一邊看人的臉色。比如說，剛才一個老大嬸行色匆匆的經過，老葉便叫住人家，「大姐，心裏著急也得慢慢走，看著路！」

老大嬸走得很快，但是聽到老葉的話就是一頓，轉頭看了一眼老葉的算命攤子，「你知道我心裏著急？」

當時唐振東也在旁邊偷瞄了一眼，您可不是心裏著急？您這著急都寫在臉上了，只要是人就看得出來。

但是葉大師並沒有接老大嬸的話，只是嘆了口氣：「哎！」

老葉這一嘆氣，讓唐振東一揪心，難道老葉也看出來了這老大嬸的老伴命不久矣？

他是鬼谷派嫡傳，一身所學驚天動地，只是欠缺經驗而已；老葉不過一個騙人的神棍，竟然能只透過面相就看出來這老大嬸的老伴不久於人世？

不過老葉接下來的話，讓唐振東心裏頓時明白，老葉又在忽悠了。

「老大姐，你過來坐。」老葉摸了摸他對面的小板凳，讓老大嬸坐下。

老大嬸急得要死，但是老葉卻不慌不忙地道：「老大姐，家人病得不輕啊？」

老葉之所以沒一開始就說老大嬸家人病得不輕，是因為那時候他還沒看準。

要知道著急的原因有很多：家人病了，老來失子，破財，子女不孝等等，但凡事都有輕重緩急，老來失子，那悲痛肯定比現在沉重百倍，幾乎能將一個人徹底打垮；破財的話，雖有損失，但不至於讓老大嬸精神恍惚；如果是子女不孝的話，那種表情是難過中帶著氣憤。

老葉一項項的排除，一項項的思考，要不他說話怎麼那麼不疾不徐，就是他的大腦正在高度運轉。

「你看出來了？」老大嬸語速很快，顯得非常著急。

老葉點點頭，「這病不好治啊。」

唐振東在旁邊差點忍不住踢老葉兩腳，廢話！要是好治的話，人家還至於這麼愁眉苦臉嗎？

「大師，那請你指點迷津。」老大嬸一聲大師出口，老葉的嘴角彎起一個不被人注意的弧度，叫了大師，那就代表上鉤的意思。

現在的人對所謂的大師，心裏都有層很厚的牆，因為騙子實在太多了，誰都不想被騙。但是這個社會的實際情況是：騙子太多，傻子明顯不夠用了。

上了鉤的老大嬸，在老葉一步步的語言指引下，慢慢的套出了家裏病人的情況。

整個過程中，老葉根本不敢說到底老大嬸家裏是誰病了，因為他拿不準，一旦說錯的話，前面的推理即使都對，那人家也會掉頭就走。

不過老葉確實有這個本事，即使他不明確說出來，這個老大嬸偏偏就相信他。最後老大嬸花了三千塊錢買了老葉所謂的包治百病的神藥，歡歡喜喜地走了。

「跟我幹吧？」老葉興沖沖的甩了甩剛剛到手的三千塊，眨著眼睛對唐振東說。

唐振東對於老葉邀請自己跟他一起合夥並沒多大興趣，應該說是興趣是有，但是對於騙人他沒興趣，起碼心裏會不安。

這樣的生意，如果換作唐振東，他根本都不會去接，因為他明確的看出老大嬸眼角的夫妻宮困厄，是個老來喪偶的必然結局。這是天道，不是人力所能阻擋的。

夫妻宮位於臉部的眼睛尾部，也就是我們通常所說的魚尾紋的地方。如果魚尾部位光鮮飽滿，則夫妻和睦，凹陷、黯淡無光，則是喪偶的表象。

唐振東對於這些相術的東西十分精通，不過缺少實戰經驗罷了，但唐振東並沒打算把這個當作職業，很多時候，唐振東在賣水果的間隙，總是匆匆瞅兩眼，看看人世間的旦夕禍福。

唐振東是有真本事的人，他的風水相術源於知識，他的師父曾告訴過他：從事風水相術這一行的人，總逃不脫五弊三缺。所謂五弊三缺，就是這一行當的人總有不圓滿的地方，或者短命，或者喪偶，或者遭受天譴，或者無法聚財等等。這是天道的因果循環。

唐振東曾經問他的師父：你的五弊三缺是什麼？師父指了指他處身的這片監獄，「我的五弊三缺就是牢獄之災。」雖然唐振東不知道師父在這座監獄多少年了，但是他估計，師父在裏面待的時間絕對少不了。

唐振東對於天意不敢揣測，也根本無法抗拒，天道循環，報應不爽。

老葉看好唐振東的一點，就是唐振東機警、變通，而且還長了一張非常讓人容易相信的臉。

可別小看這張臉，這張臉就是出門看風水最佳的通行證。有的人讓人一見，就心底生出一種熟悉和信任；而有些人即使說的是實話，他的面相也會讓人憑空的生出懷疑。

都說相由心生，人的相貌在長時間的心理形成的過程中，會被心理不自覺的改變，這種改變是潛移默化的，不是一時半會兒能看得出來的，但是我們在社會上行走，有的人讓人一見就生出一種親近感，有的人則讓人一見就生厭，這就是相由心生。

唐振東就長了這麼一副人見人愛，花見花開，車見車爆胎的一張取巧的臉。說是帥，乍看又很大眾化；但說大眾化，細細端量又很帥，可以說上到九十九，下到剛會走，都是唐振東這張臉能溝通的範圍，讓人一見既驚嘆帥氣，又有一種似曾相識的感覺。

「抱歉，老葉，我覺得還是賣水果有安全感。」

聽到唐振東這麼說，老葉也沒說什麼，人各有志。雖然他看好唐振東的淳樸憨厚，但是卻不會低三下四的求他給自己當徒弟。儘管唐振東拒絕了老葉做他的學徒，但是這並不影響唐振東和老葉之間的交情。

「小唐，今天去我家吧，咱們一起喝一杯！做了一年鄰居，也沒請你到家喝一杯，正好今天我閨女放假回來，我閨女燒的菜那簡直是一絕，特意請你品嘗品嘗。」

不管老葉在算命攤前怎麼忽悠，其實都是為了生活，在唐振東心中，老葉這個人是非常不錯的。先不說他那張平易近人總是露出笑容的臉，他的脾氣也是極好，這一年兩人相鄰擺攤的日子，唐振東就從來沒見過老葉紅過臉，整天一副笑咪咪的模樣。

「不了，我還是回去自己湊合點就行，女兒回來了，還是你們一家人團聚吧。」

「別，別，以前我不叫你，是因為我手藝不好，其實我早就想叫你一起喝一杯了，這次我閨女回來，她做飯，保準你吃了一次還想吃第二次。」

「那我就更不能去了，這傢伙，要吃了一次還想吃第二次，那豈不是我天天都忍不住要去你家吃飯？」唐振東哈哈大笑。

老葉也笑了，「你即使天天吃，也吃不窮我。」

唐振東仔細的看看老葉，問：「老葉，你不是準備招我當上門女婿吧？」

老葉連連擺手，「去，去，去，我閨女可是北大的高材生，她將來要留在京城的，不可能。」

唐振東能聽得出來，老葉的意思是：自己一個賣水果的小販，根本就配不上自己的女兒，而且人家閨女將來畢了業是要留在京城的。

即使聽到老葉這麼說，唐振東也不生氣，自己本來就配不上人家，他有自知之明，更何況自己還在監獄服刑過。這事他從沒跟老葉說過，就算老葉不知道自己坐過牢，自己一個高中肄業生，也配不上人家名校高材生。

唐振東的高中只上過半年，就因為失手殺人而進入監獄，這一待就是八年。八年對一個十七歲的青少年來說，可以說最好的一段青春時光都是在監獄中度過的。直到二十五歲，唐振東才出獄。

其實唐振東在裏面獲得了好幾次減刑的機會，但是他都放棄了，為什麼？因為他的師父也在監獄裏。

不過，老葉不管唐振東怎麼說，非要拉著唐振東一起回家吃飯。大概是剛才老葉也意識到了自己的話可能觸動了唐振東的傷處。

其實老葉早就看出唐振東是個有故事的人，雖然唐振東總是一副人畜無害的笑嘻嘻模樣，不過老葉並不會去輕易揭開唐振東的傷處，因為老葉自己就是個算命的，察言觀色，瞭解人的想法，知道什麼地方的傷能揭，什麼地方的傷不能揭。

唐振東見老葉邀請的意思非常誠懇，也就同意了。不過他要先把自己的水果車送回住的租房。誰知道老葉非要跟著他一起去。

唐振東不好說什麼，畢竟人家請自己吃飯，想跟他回去認認門，又不是去自己家蹭飯，拒絕的話，那就太沒有人情味了，便同意了。

「咦，這是你住的地方？」

老葉從一進這個村，第一個感覺就是髒亂差。唐振東租的這個房子位於幸福鎮新建村，這個幸福社區，是全市典型的髒亂差。垃圾、污水遍佈整個社區。

老葉在海城已經待了好些年，對於幸福社區的環境早有耳聞，但是今天來到這兒，才真正目睹。不愧是「幸福」，這裏的人可真「幸福」。

當老葉進入一處民宅，也就是唐振東租住的屋子的時候，他非常驚訝。

並不是說唐振東屋裏裝修多麼的豪華，多麼的講究，相反，唐振東租住的這間房子，也跟所有幸福社區的房子一樣老舊破爛。

唐振東租的是這棟房子是偏角的一間。幸福鎮的本地住戶，大部分都靠租房維生，這裏的房子都是平房，自己起的二層小樓，有的甚至搭了三層。連帶著樓上樓下起碼也有十間左右的房子可以出租，一個月光是租金，就差不多有二千塊，足夠維持生計了。

而這裏屬城鄉結合地帶，很多外來工作的人都住這裏，因為這裏的房租便宜，幸福社區可以說是整個海城市人口最為密集的區域。人口密集，再加上外地人口多，可想而知，這裏的環境會怎麼樣。

老葉對幸福社區的髒亂差已有心理準備，但是一進入唐振東租的這間屋子，立馬感覺到明顯的不同，眼前彷彿一亮。但是仔細看來，卻並沒有什麼不同，只是屋裏特別整潔而已。

唐振東的屋裏就一張床，上面整齊的疊著被子，被子是疊得方方正正的豆腐塊。

這是唐振東在監獄八年練就的絕招，三秒鐘之內，他就能把一床亂七八糟的被子疊成整齊的豆腐塊。在監獄，內務整齊是入監要學的第一課。

老葉再仔細一看，唐振東的屋裏除了這張床外，就是一張老舊的桌子，上面雖然油漆斑駁，有的地方都磨得看到了木頭，但是卻很乾淨，一塵不染。

這還不是最關鍵的，最關鍵的是桌上擺著幾本書，頓時讓這個屋裏多了幾分書香之氣。而最畫龍點睛的地方莫過於桌上的一盆水仙花。水仙花美而不豔，雅而不俗，還能給人靜氣安神的作用。可以說屋裏因為有了這盆花，讓整個屋裏充滿了生氣與活力。

這是老葉進入唐振東屋裏的第一觀感，其實唐振東這屋除了床和桌子之外，也擺不下什麼東西了。但就是這簡單的擺放，讓老葉感受煥然一新，跟整個髒亂差的村子形成了鮮明的對比。

怪不得這小子沒事就早早回家，原來家裏還別有洞天啊。

更多精彩內容，請看最新出版之《極品相師》一 神算大師

首席駭客 十二 最強神人

作者：銀河九天
發行人：陳曉林
出版所：風雲時代出版股份有限公司
地址：105台北市民生東路五段178號7樓之3
風雲書網：http://www.eastbooks.com.tw
官方部落格：http://eastbooks.pixnet.net/blog
Facebook：http://www.facebook.com/h7560949
信箱：h7560949@ms15.hinet.net
郵撥帳號：12043291
服務專線：(02)27560949
傳真專線：(02)27653799
執行主編：朱墨菲
美術編輯：吳宗潔

法律顧問：永然法律事務所 李永然律師
北辰著作權事務所 蕭雄淋律師

版權授權：蔡雷平
初版日期：2015年12月
初版二刷：2015年12月20日
ISBN：978-986-352-190-7

總 經 銷：成信文化事業股份有限公司
地　　址：新北市新店區中正路四維巷二弄2號4樓
電　　話：(02)2219-2080

行政院新聞局局版台業字第3595號 營利事業統一編號22759935

定價：280元　特惠價：199元

國家圖書館出版品預行編目資料

首席駭客 ／ 銀河九天 著. -- 初版. -- 臺北市：
風雲時代，2015.04- 冊；公分

ISBN 978-986-352-190-7（第12冊；平裝）

857.7　　104005339